# IN VINO FÉRIAS!
## Diário de dois perdidos na Itália
## Luciana Fátima & Dog
### (Diálogos com a Cidade)

EDITORA
HORIZONTE

Copyright © 2013
*Luciana Fátima e Dog*

Editora
*Eliane Alves de Oliveira*

Projeto visual
*Editora Horizonte*

Fotos de miolo e capa
*Dog e Luciana Fátima*

Revisão
*Maria Rosa Gallo*

Gráfica PSI7, setembro de 2013.

Papel
*Reciclato 75g*

**Dados Internacionais de Catalogação na Publicação (CIP)**

In vino férias! Diário de dois perdidos na Itália/ Luciana Fátima e Dog . Vinhedo, Editora Horizonte, 2013.

ISBN 978-85-99279-54-4

1. Literatura brasileira 2. Diário de viagem 3. Diário - Itália 3. Diário de viagem - Humor I. Luciana Fátima II. Arlindo Gonçalves
CDD 869

*Este livro segue o Novo Acordo Ortográfico da Língua Portuguesa*

Editora Horizonte
Rua Geraldo Pinhata, 32 sala 3
13280-000 – Vinhedo – SP
Tel: (19) 3876-5162
contato@editorahorizonte.com.br
www.editorahorizonte.com.br

# Preâmbulo 1

Sampa é uma Gotham. Sampa Gotham. O paulistano parece amar odiar a própria cidade. Nas proximidades do aniversário da nossa urbe, comuns são as listas de coisas boas que Sampa nos tem a oferecer, sejam elas os recorrentes predicados da gastronomia mundial, do circuito das artes e das demais manifestações culturais, da terra de vários povos, do fazer muito dinheiro etc.

Essas coisas aparecem perto do fim de janeiro. No resto do ano, o que toma cena são mesmo as listas de queixas. São os buracos nas ruas, é o trânsito (sempre ele), é o transporte que não funciona, é a (in)segurança, é a ausência do verde, são as enchentes, é a poluição, é o Minhocão. É o inferno. Fato: paulistano que é paulistano, nascido aqui ou adotado, como eu, ama mesmo é odiar Sampa Gotham.

Chamá-la de Gotham não é originalidade minha. Foram muitos os que já a compararam à caótica e famosa terra do Batman. Até o Heródoto, um fã de Sampa, em seus tempos de CBN, se rendeu ao caos e a apelidou de Gotham. Isso ocorria nas transmissões matutinas na rádio. Quando os problemas urbanos afloravam, abundavam as matérias radialísticas. E o Heródoto as reportava a nós. Ao fim, pedia ao

Comissário Gordon que chamasse o nosso salvador, ele, o Batman! Parava por aí. O Batman não vinha. Jamais vinha... Por quê?

Talvez, preso no trânsito? Quem sabe, tendo sido morto após discutir com um PM que implicara com a indumentária gótica? Poderia, santa miséria, Batman!, o batmóvel ter sido pilhado após o morcegão ter se negado a pagar os justos honorários de um dos nossos prolíficos flanelinhas? Será que, em vez disso, o carrão do nosso herói teria sido destruído por alguma enchente e o nosso paladino, enlameado e com um excessivo peso não previsto e ocasionado pelo uniforme encharcado, tenha naufragado no caminho da justiça, como também naufragaram muitos corredores da São Silvestre de 2011, que terminou embaixo de um temporal e em um Ibirapuera pantanoso? Teria o Cavaleiro das Trevas morrido ao tentar impedir mais uma explosão de caixas eletrônicos (oh!, pobre morcego carbonizado)? Aventaríamos tão triste possibilidade de Batman e Robin estarem em coma induzido após terem sido espancados por homofóbicos enquanto o gótico par passeava pela Paulista? Santo preservativo furado, Batman!

É, realmente, o Comissário Gordon nunca lograva êxito em atender os pedidos do Heródoto. Constrangido, o incorruptível policial daria ao radialista uma qualquer desculpa e prosseguiríamos sem herói algum. Eis aí a diferença entre a mais famosa cidade gótica dos quadrinhos e a nossa arabesca metrópole. Desafortunados que somos, não dispomos de um Batman de plantão.

Sem o cruzado de capa e máscara, resta-nos reagir como podemos; sobreviver e, quem sabe, até se divertir.

Por isso, criei a série de crônicas chamada "Inferno Permanente". E com a proposta de entender e de viver melhor em Sampa Gotham é que a Luciana e eu iniciamos o projeto "Diálogos com a Cidade", nosso coletivo fotográfico (ela explicará melhor essa história ainda nesta introdução).

A fotografia nos levou a dialogar com Sampa Gotham. Mas o curioso é que não começamos a fotografar já com esse objetivo. O que, verdadeiramente, nos fez entrar na fotografia foi uma grande vontade de melhorar, técnica e esteticamente, nossas imagens de viagem.

Quase todas as atenções do "Diálogos com a Cidade" são dedicadas a Sampa Gotham, o que não inviabiliza, de maneira nenhuma, outros diálogos com outras cidades. E é isso que vocês, personas, verão nas páginas seguintes. Elas narrarão uma mudança de atenção do "Diálogos", quando este decidiu olhar pra outras cidades e com elas se entender. Tudo ocorreu durante nossas viagens à velha Europa e quando... bem... confiram vocês mesmos.

Dog.

# Preâmbulo 2

Uma das melhores coisas da vida é viajar. E tudo começa muito antes, ainda na concepção do roteiro. Quando sentamos em um boteco qualquer com um guia ou um mapa ou um atlas, pensando em qual será nosso destino, por quais cidades passaremos, quanto tempo ficaremos, quais atrações visitaremos... Enfim, começamos a desfrutar dos prazeres que nos aguardam muito antes deles – de fato – chegarem.

E isso se dá em todas as nossas viagens. Seja por uma pequena cidade do interior do Brasil ou por uma badalada capital europeia. Acredito que essa seja uma de nossas características mais marcantes: entusiasmo e paixão por tudo que nos propomos a fazer. Foi assim quando começamos a fotografar.

No início do relacionamento, descobrimos que partilhávamos da mesma empolgação por uma porção de coisas (além de Bowie, claro!), entre elas, viajar. Começamos a explorar inúmeras cidades e a fotografá-las incansavelmente. No entanto, o resultado não era lá muito animador. Revelávamos os filmes (sim, naquela época ainda não tinham inventado o digital!) e a decepção era enorme, ao ver a imensidão que separava as maravilhas vistas do resultado registrado em nossas películas...

Decidimos, então, fazer um curso de fotografia para guardarmos alguma recordação aceitável das nossas aventuras. Resultou daí que os exercícios eram muito mais divertidos quando saíamos percorrendo as ruas da nossa querida cidade – que, aliás, nunca mais paramos de fotografar! Ainda sem que nos déssemos conta, ali estava o embrião do que seria, a posteriori, o "Diálogos com a Cidade" — este, um projeto fotográfico que intitulou algumas das nossas exposições e que nos inspirou a fazer um livro de fotografia & poesia. Claro que, (in)diretamente, o objetivo inicial também foi alcançado. Nossas fotos de viagem passaram a lembrar muito mais os lugares que visitávamos. E hoje, ao olhar para aqueles álbuns de férias, bate uma enorme saudade de todos os maravilhosos – e inusitados! – momentos que passamos longe de nosso habitat.

Contudo, muita coisa acabou se perdendo na memória. Por isso, desta vez, pensamos em fazer algo diferente. A ideia do diário apareceu, inicialmente, como brincadeira, mas acabou virando algo mais sério, e muito divertido de escrever, acreditem! Claro que os planos de aproveitar o tempo "livre" durante a viagem para escrever outras coisas foram todos por água abaixo, mas foi por uma ótima causa.

Como sempre, a primeira coisa que separei para colocar na mala foram os livros. Prometi (faço isso em toda viagem!) não comprar muitos, então, levaria o suficiente para me entreter por um bom tempo. Já que o destino incluía a Itália, estavam lá dois títulos do Italo Calvino, um deles – clássico dos clássicos, "Cidades invisíveis" – nortearia a narrativa que, nos momentos mais sóbrios, pretendeu ser um diário de viagem, como verão a seguir...

Luciana.

São Paulo, 08 de julho de 2011.

> A cidade é redundante:
> repete-se para fixar alguma imagem na mente.
> A memória é redundante:
> repete os símbolos para que a cidade comece a existir.

Chegamos a Guarulhos bem cedo, pouco depois das onze da manhã. Nosso voo era às 15h15, mas, em São Paulo, é sempre bom prevenir. Nunca se sabe como estará o trânsito, o tempo, as filas, essas coisas de que nós, paulistanos, tanto adoramos reclamar! E, adentrando pelas portas de vidro, nos damos conta de que não fomos os únicos a pensar dessa forma. Havia uma fila enorme e sabe para quê? Eles estavam esperando o guichê abrir. É, esta cidade é mesmo redundante! Sem problemas. Ainda nem tínhamos começado as férias! Despachamos a bagagem, comemos uma pizza para entrar no clima da viagem e ficamos passeando, esperando pela hora do embarque, já que havia bastante tempo.

O avião da Alitália – segundo o Dog, que espreitava pela vitrine do aeroporto – parecia uma caixa gigante de pizza! E, uma vez dentro da caixa de pizza, estresse básico: tinha uma pessoa com o mesmo número de assento que o meu. A aeromoça italiana, que não era moça, mas era mesmo italiana, não entendeu nada do que eu tentei explicar para ela. Pôxa, será que o meu inglês tá tão ruim assim? Mas todos (ou quase todos!) os meus alunos entendem...

Bom, ainda bem que uma solícita mulher que estava sozinha no cantinho se dispôs a trocar de lugar e se entendeu com a aeromulher, indo parar lá na frente com ela.

A memória é redundante! Como ocorrido em várias outras (todas?) viagens... No fim, Dog e eu conseguiríamos passar as próximas horas jogando a cabeça no ombro um do outro, tentando dormir!

Luciana.

# GuaruGotham: o fuso

Ao viajar, são muitas as precauções a tomar. Do conhecimento prévio e livresco dos lugares a visitar, passando pela administração logística da coisa em si, incluindo a junta dos recursos financeiros, fazendo uma estada nos rudimentos linguísticos desconhecidos e aterrissando nos fusos exigentes.

Há quem ponha a culpa de tudo nos fusos. De excesso ou falta de sono até disfunções de ereção em plenas férias, o fuso é réu culpado e condenado em tribunais anuais de descansos periódicos afins.

O fuso é vilão de muitos intestinos. É, pra muita gente, pensar em viajar, e o fuso avaria as vísceras. A merda, revoltada com os ponteiros, sai ou fica em protesto. Não tenho esses problemas. Minhas entranhas são eficientes, trabalham em qualquer lugar, jurisdição democrática ou não.

Ao chegar ao aeroporto de GuaruGotham, caminhamos pelos corredores onde lojinhas de diversos produtos tentavam nos atrair.

A Luciana viu um desses estabelecimentos, um que vendia artesanato. O meu intestino, já bem ligeiro, me guiou na mesma direção, mas ao lado... Sim, ao lado da amável lojinha de artesanato... os banheirões à espera de bexigas e intestinos avariados por fusos horários.

"Olha aqui que bonitinho" — disse a Luciana ao ver uma corujinha feita à mão e exposta ali na lojinha. "Veja aí, que eu, enquanto isso, vou ao banheiro" — repliquei. Uma terceira fala fez companhia às nossas nos corredores do aeroporto, a de uma das moças da loja de artesanato: "Que cheiro de bosta!".

Simultaneamente à reclamação da moça, eu chegara às portas do WC. Pra minha surpresa, estava cerrado com uma faixa de segurança. Uma senhora, por lá, empunhava um rodo e direcionava água do chão pra fora do lugar. O fedor de cocô se espraiava pelos pontos cardeais do aeroporto...

"A gente vai trabalhar o dia inteiro sentindo esse cheiro de merda?..." — lamentava a mocinha daquela amável lojinha de artesanatozinho, agora, fedendo à bostinha.

Em verdade, não era somente à merda que cheirava o lugar. O fedor era de pinho e merda. Juntos, pinho-merda. Tive de esperar... O meu intestino, dessa vez, deu trabalho segurar...

Assim que a mulher que limpava o banheiro terminou a labuta, eu fui lá destruir o WC novamente...

\*\*\*

Como um amigo um dia disse: "Uns cagam, outros explodem...". Aquele dia, eu era um desses... E ainda nem tínhamos mudado de fuso...

**Inglês de viagem**

> "A aeromoça italiana, que não era moça, mas era mesmo italiana, não entendeu nada do que eu tentei explicar para ela. Pôxa, será que o meu inglês tá tão ruim assim? Mas todos (ou quase todos!) os meus alunos entendem..."
> Luciana

A epígrafe acima, como devem ter notado, é oriunda do início do nosso diário. O desencanto da minha companheira norteou a viagem que seguíamos. Epa!, também me deu vontade de falar do assunto...

\*\*\*

O inglês é a língua dos negócios lícitos e ilícitos. É a língua da diplomacia, como é a língua do neo-imperialismo. É a língua do Tarzan e do Darth Vader ao mesmo tempo. O ET aprendeu inglês em tempo recorde de fazer inveja a candidatos a cargos esdrúxulos em áreas de planejamento financeiro de igualmente esdrúxulas multinacionais. O Thor, lá em Asgard, parece ter cursado inglês na mesma instituição que ensinou o ET. Os invasores do espaço, ao chegarem aqui à bolinha azul, dirão: "We will fuck you!". Após a tal da merger, os gringos dirão: "We will fuck you!". Pois é, o inglês é idioma pra se falar nas trincheiras, nos aeroportos, nos saguões e tal...

\*\*\*

Já instalados naquela enorme caixa de pizza (delivery, deixemos claro), como visto no relato da Luciana, houve uma confusão de venda de lugares — puseram duas personas em uma mesma poltrona.

Reportamos o problema à aeroitalianona. Falei em inglês e, já esperando ela dizer algo como "Yes, we've fucked you!", qual não foi o meu assombro ao descobrir que ela... a aeroitalianona, a própria, não falava... nada, de jeito nenhum, não falava picas em inglês... Insisti, mas ela pareceu bastante confusa. Falei em espanhol. Deu certo...

\*\*\*

O destino do avião era Roma (de lá, iríamos a Lisboa), assunto da próxima parte do diário. Mas, adiantando os desdobramentos posteriores, mais tarde (bem mais tarde), já em solo de Camões, capital da terrinha, a cidade branca, encontraríamos o homem do traslado, cansado, abatido, segurando uma plaquinha murcha com o meu nome (incompleto): "MARRA, DOG".

Dirigi-me ao portuga e... ele falou em... falou mesmo... em... inglês. Delirei, como se o ouvisse dizer: "Yeah, I was waiting for the moment to fuck you!".

## Dog.

Roma, 09 de julho de 2011.

Depois de onze horas de voo sem pregar os olhos (assisti a dois filmes e li um livro inteiro!), finalmente desembarcámos — às 7h05, hora local! — em Roma. A empolgação inicial com a modernidade do aeroporto desvanecer-se-ia, especialmente depois de zanzarmos em círculos por horas, esperando pelo próximo voo! A lembrança do vagãozinho de metrô — que fez nossa conexão entre o avião e a área de embarque, e encantou-me no começo — esvaiu-se entre o ir-e-vir por corredores e portões inúteis para nós. Nossa viagem para Lisboa seria, inicialmente, às 14h30, não fossem os atrasos acumulados que nos permitiram deixar o solo apenas depois das 17h...

Três horas de voo passaram-se incrivelmente tranquilas, principalmente depois de 28 horas sem dormir. Foi automático: sentar na poltroninha e partir para o Reino de Morpheus!

Despertamos em terras lusitanas. Agora era fácil. Encontrar o guia segurando uma plaquinha com nosso nome e rumar para o hotel, finalmente! Bom, claro, isso se não houvesse toda aquela confusão de atrasos. O portuga que faria nosso transfer foi buscar outros passageiros, que também devem ter atrasado, fazendo-nos entrar numa dimensão de loopings sem fim. Aeroportos eram nossa sina nessa data histórica! Mas o que era isso perto do que tínhamos esperado na Itália?

Lá no horizonte, vem despontando esbaforido o Sr. Júlio (ora poisss!), todo solícito – suado, gravata torta, camisa para fora da calça –, correndo para nos levar ao hotel. Chegamos umas sete e pouco da noite, beneficiados pelo fuso de uma hora a menos em relação a Roma. Já que o sol ainda estava alto, jogamos as malas no quarto e fomos dar uma volta. Ao dobrar uma esquina, demos de cara com uma velha conhecida: "El Corte Inglés" – loja de departamentos onde começamos a torrar nossos preciosos euros... e onde minha promessa, assinalada no começo dessa jornada, começava a ruir!!

Luciana.

# Heineken sem o "r" do "h"

> *"Se não conheces as marcas de cerveja do país aonde vais, pede uma de renome internacional".*

Esse é o mandamento que mais pratico quando, em férias, estou em país do qual desconheço as loiras ou morenas, ambas geladas locais.

Eu caprichei bastante no inglês ao pedir, no aeroporto de Roma, uma Heineken, marca registrada. Em resposta, somente um "Prego" e um pouco de mau humor pelo euro graúdo que dei pra pagar a birra — notamos que há uma dificuldade enorme de os estabelecimentos terem notas miúdas e moedas pros trocos.

Tratei de sair rápido de lá e voltar até onde a Luciana me esperava. Já estávamos há quase 28 horas sem dormir, e ela cochilava nas solidões dos saguões.

O sono me incomodava muito, claro, mas a falta de um bom banho era opressão maior. A sede mortal era ainda pior que as duas outras sensações juntas. Então, incapaz de curar as duas primeiras dores, pra amenizar a terceira carência, sentei-me ao lado da minha moribunda namorada e pus-me a abrir (tentar) a Heineken. Girei a tampinha da garrafa, tal como fazemos aqui em Sampa Gotham. Nada. Insisti. Mais nada de novo. Foi quando descobri que as tampinhas de Heineken — e sabe-se lá de quais outras marcas mais de cerveja —, ali pela Itália, não são tão internacionais assim — ou as nossas versões locais é que não o são. O fato é que não era possível abrir a maldita cerveja usando apenas a força do punho. Não me dei por vencido; teria de abrir à marra aquela desgraçada... Tentei com mais força...

\*\*\*

Após muito punhetar a pica da birra, e a odiosa já toda quente, desisti de abrir a garrafa. Resignado, deitei-a fora no primeiro cesto de lixo que vi.

\*\*\*

Logo que descartei a cerveja, parti a buscar outra. Afinal, a sede apenas recrudescia. A segunda tentativa foi em um quiosque e, abandonando o inglês, arranhei um italiano anual: "Una birra, per favore; una Heineken". A italianona do estabelecimento, apesar dos meus esforços, não entendeu nabas. Eu repeti, vencido, em inglês mesmo: "One Heineken, please". E ela: "Ah, one Eineken? OK...".

***

Eu acabara de descobrir mais uma característica da nossa não tão globalizante globalização, em especial, no que se tangia a lidar com a internacional cerveja de lata ou garrafa verde: ali, pelo menos ali no aeroporto de Roma, a gente não precisa se preocupar com o "r" do "h" da Heineken; viva a "Eineken" — aprendi, apliquei e fui bem sucedido no resto da viagem. Mas fica o recado: decore a seguinte segunda frase após pedir uma Eineken: "Può aprire, per favore?". O vendedor, em entendendo o seu italiano de férias, imediatamente vai abrir a sua garrafa e torná-lo menos asno do que eu fora naquele aeroporto. Outra alternativa, ainda mais segura, é levar seu próprio abridor de garrafas.

Dog.

Lisboa, 10 de julho de 2011.

"E você? — o Grande Khan perguntou a Polo — Retornou de países igualmente distantes e tudo o que tem a dizer são os pensamentos que ocorrem a quem toma a brisa noturna a porta de casa. Para que serve, então, viajar tanto?

— É noite, estamos sentados nas escadarias do seu palácio, inspire um pouco de vento — respondeu Marco Polo.

Qualquer país que as minhas palavras evoquem será visto de um observatório como o seu, ainda que no lugar do palácio real exista uma aldeia de palafitas e a brisa traga um odor de estuário lamacento."

Após a noite de um quase coma, acordamos às 9h30. Corremos para não perder o pequeno almoço, que é como eles chamam o café da manhã em Portugal. Então, fomos para a encantadora jornada cultural do dia. Mosteiro dos Jerónimos era o destino principal. Visitamos os túmulos dos escritores Fernando Pessoa, Luís de Camões e Alexandre Herculano. Depois, para que não digam que nós — muito goticamente — viajamos para a Europa apenas para ver tumbas e afins — fomos à Torre de Belém (mas não comemos os famosos pasteizinhos), ao Padrão dos Descobrimentos e ao Museu do Azulejo. Verdadeiro deleite para nossos olhos e nossas objetivas.

Entre um passeio e outro, paramos para o grande almoço de verdade. Enquanto o Dog pagava, fui ao outro lado da rua, dar uma olhada na vitrine de uma lojinha de artesanatos cheia de corujinhas. De repente, um ser estranho passa por mim com um saquinho cheio de erva na mão e pergunta, "Marijuana, aí?". Pode uma coisa dessas??!!!

Lisboa, 11 de julho de 2011.

Quando estamos em Portugal, nossos sonhos são deliciosamente embalados pelo vinho do Porto, devido à pechincha: coisa de 3, 4, 5 euros, no máximo. Um sonho! Ainda mais para nós, amantes do Licor dos Deuses! Sabe como é... precisamos aproveitar nossos euros até o último centavo, né?! E, apesar de escurecer tarde, o sol também nasce cedo, fazendo com que despertemos igualmente cedo – ainda que um pouco bêbados!

O vinho – uma das bebidas mais antigas do mundo, consumido em uma infinidade de lugares, sob as mais diversas formas – é meu elixir favorito. Tenho uma tatuagem que diz "In vino veritas", frase latina que significa "no vinho está a verdade", ou algo assim, e foi dita por um filósofo grego ou romano, ou talvez chinês, sei lá. Existem tantas versões... provavelmente eles também estavam meio bêbados para saber quem é o real autor da pérola, e isso nem importa, né?!

O importante é que, graças a essa inspiração de algum bebum — que sabia que a verdade absoluta só dizemos quando nossa língua está destravada por uma boa dose de vinho no sangue —, tivemos a epifania para o nome deste diário.

Enfim, apesar da ligeira tontura, teríamos mais um dia de passeios culturais pela frente: a casa onde nasceu Fernando Pessoa, agora transformada em um simpático centro cultural; A Sé, igreja mais antiga de Lisboa (ano de 1150!!), situada na Alfama, bairro igualmente antigo e cheio de construções históricas — e também o lugar preferido do meu querido consorte.

Depois — passeio difícil! —, fomos visitar algumas das livrarias mais charmosas da cidade. E, dentre elas, uma especializada em publicações sobre a terrinha, a Fabula Urbis, que conquista ainda mais pela simpatia do dono, Seu João Pimentel, que nos presenteou com um livrinho muito fofo — em retribuição ao nosso "Carinhas(os) Urbanas(os)", que o Dog levou especialmente para ele!

Bom, para finalizar a jornada em grande estilo, paramos em um bar de indianos (eles são muitos por ali) para saborear um delicioso vinho verde... tem maneira melhor de encerrar um dia como esse?!

Luciana.

# Prelúdio

> "Bom, para finalizar a jornada em grande estilo, paramos em um bar de indianos (eles são muitos por ali) para saborear um delicioso vinho verde... tem maneira melhor de encerrar um dia como esse?!
> Luciana

Em réplica a essa indagação da Luciana, questionamento visto há pouco, digo logo: eu tenho a resposta porque...

**Os pombos portugueses me adoram**

Da primeira vez em Portugal, anos atrás, durante a visita a Évora, uma das mais belas paragens lusitanas e, talvez, uma das cidades mais bonitas de toda a Europa, nos contentamos com um passeio de um dia, daqueles do tipo ejaculação precoce, com o guia de turismo dando orientações e abusando de verbos no imperativo, enquanto, você, persona, já devia estar cansada dessa conjugação durante os meses de trabalho.

Pois bem, Évora merece muito mais. Nada de, digamos, "uma rapidinha". A danada, de tanta formosura, deve é ser tratada com várias preliminares em suítes de luxo e grand finale.

A única coisa que incomoda por lá é o calor excessivo. Até aquele ano em que a visitamos, Évora talvez tenha sido o palco da maior temperatura que enfrentamos. Também foi o lugar do meu maior e master porre de vinho do Porto — fato que jurei (e venho cumprindo) não repetir.

Os resquícios da minha memória — ainda mantidos heroicamente pelos meus parcos neurônios em diminuição numérica notável, tão notável quanto a migração dos fios do meu cabelo: da cabeça pro chão dia após dia — apontam na minha consciência imagens de um eu bêbado e empunhando a minha Pentax K-1000, dinossauro da fotografia, no parapeito

da janela do hotel de Évora, clicando, clicando sabe-se lá o quê... Talvez eu tentasse captar o branco comum das paredes dos prédios vizinhos, uns tantos fios a compor com a alvenaria mencionada, tudo ali no quadro do visor da K-1000, delírios de um ébrio em viagem.

Eu alcoolizado; Luciana, sábia, dizia: "Porra, que merda você tá fotografando?" Eu a ignorava. Quando ela insistia, eu respondia: "Xê num tá intendendo... hirc... Fotoxarfia artíxtica...".

Isso aconteceu no penúltimo dia que tínhamos em Évora... Na manhã seguinte, um cérebro cozido pelo vinho, inchado pela dor e com menos conteúdo nos campos da memória, insistia em guiar o meu corpo trôpego pelos saguões do aeroporto até o portão de embarque de um voo que levaria pra longe de Portugal o zumbi que era eu no todo do meu conjunto físico.

\*\*\*

Mas aquele não fora o episódio mais dantesco da nossa estada em Évora. Como disse a Luciana: *"tem maneira melhor de encerrar um dia como esse?"*. Tem sim. Já digo.

A grongla se deu antes do meu porre hercúleo. Ocorreu enquanto passeávamos pela quente Évora, através de suas vielas sinuosas nas quais, sob forte luz natural, aí sim clicávamos cenas dignas de recorrer pra recordar.

Num rasgo de emoção pictográfica, entre enquadramentos que tentavam dialogar com a cidade, ao apontar a objetiva em direção ao branco de mais uma alvenaria, tendo ao fundo um azul encantador de um céu que intimida e põe pra longe qualquer nuvem, então, naquela exata fração de segundos do disparador da câmera, senti algo cair em mim — algo precedido de uma onomatopeia: "PLOCKT!".

*"Tem maneira melhor de encerrar um dia como esse?".* Tem sim. Já digo: aquilo era merda de pombo. Não uma merda qualquer nem de um qualquer pombo também. Era muita merda de um pombo monstro, apavorante, sádico, certeiro e executor.

O artefato nuclear, soltado pela ave, banhou cabelo, ombro, peito e manchou um mapa da Austrália na minha camiseta.Tudo ficou emplastado de bosta voadora de um pombo (maldito pombo) que deveria, em vez de atacar turistas incautos como eu, estar ao lado dos X-Men lutando contra o Magneto. Pombo mutante da porra!

Tivemos de voltar pro hotel. Lá, me lavei, e a camiseta também. Eu a deixei dependurada pra secar. Saímos novamente e quando regressamos mais uma vez, qual não foi a nossa surpresa ao descobrirmos que... havia... havia um buraco bem no meio do pano da minha camiseta, bem no lugar alvejado pela bomba do X-Pombo. Sim, a cagada daquele mutante dos quadrinhos tinha furado meus pobres panos de viagem...

\*\*\*

E este ano, em Lisboa, e quase tendo sido esquecido o incidente anterior em Évora, ao passearmos pela cidade de Pessoa, satisfeitos após visitar tantos lugares legais, obter tantos livros sensacionais, sob o sol da cidade branca, tirando fotos e mais fotos, ouço aquele famigerado barulho novamente: "PLOCKT!".

Sim, anos depois de Évora, eu era novamente alvo dos X-Pombos, dessa vez na cidade de muitas madrugadas, na Lisboa do meu farto imaginário. Seria aquela uma raça nacional de monstros? Seria aquele um novo esporte pátrio dos X-Pombos: cagar em mim até o fim do mundo? Ou seria talvez e apenas a *"maneira melhor de encerrar um dia como esse?!"*

Dog.

Lisboa, 12 de julho de 2011.

O dia prometia! Acordar cedo, dar uma última volta para se despedir das terras lusitanas; empacotar todos os livros adquiridos (eu sei... prometi não comprar muitos dessa vez, mas eles são tão irresistíveisss!); pegar um voo de três horinhas para Roma; zanzar mais um pouco pelo Fiumicino – simpático nome para um aeroporto com o título de Leonardo da Vinci, não? É que esse é o nome do município em que fica o aeroporto; significa 'pequeno rio' – e, finalmente, embarcar para Nápoles.

Parecia simples, apesar de cansativo. Mas, isso não seria nada para este super casal! Só não imaginávamos o inusitado que estava prestes a acontecer...

Embarcamos para Roma num voo da TAP, ou seja, cheio de aero-senhoras falantes de português (básico, né?!) e de inglês. O problema – que não seria um problema, se desse tudo certo – era que o voo estava lotado... lotado de italianos, que falavam apenas (bááásico!!) italianês.

Entramos felizes e contentes no aviãozinho da Tamancos Aéreos Portugueses e... nada! Todos devidamente sentados esperando e... nada! Aí começaram a anunciar (em português e inglês, somente) que estávamos esperando um pessoal em conexão. Vários minutos mais tarde, o tal pessoal estava preso na alfândega e – o atraso já ia se transformando em horas agora – teriam de tirar as malas do povo, pois eles ficariam por lá mesmo. O que houve naquela alfândega? Sei lá! Só sei o que começou a acontecer dentro do avião.

Se você conhece alguém que seja italiano ou tenha na família algum, sabe como é o tom de voz deles. Gritam quando estão bravos. Gritam também quando estão felizes. Gritam quando estão tristes, quando estão emocionados, alegres, irritados, enfim, imaginem quando dão um monte de informação importante em dois idiomas... que eles não entendem! Gritam.

A italianada começou a fazer um tremendo escândalo, que nunca vi igual. Era tal a gritaria que as aerossenhoras não sabiam para onde correr! Tiveram de arrumar um gajo, que se autoanunciava chefe de cabine e traduzia tudo num italianês macarrônico pior que o meu!

Depois de um tempão e de muita diversão – para mim e para o Dog, pelo menos! –, levantamos voo. E o atraso até que não foi tão ruim para nós; ficamos pouco tempo esperando pela conexão que nos levaria direto para Nápoles. Daí para frente, tudo dentro do previsto... quer dizer, até chegarmos ao hotel. Mas esse já é outro capítulo...!

Nápoles, 13 de julho de 2011.

Chegamos bem tarde ao hotel (hotel cuja surreal descrição, aliás, fica a cargo do Dog!). Nossa impressão geral não foi lá essas coisas. Ficamos assustados com a semelhança do local aos piores momentos da região da Estação da Luz. Mas, durante o dia, até que a coisa não era tão ruim assim. Começamos fazendo um passeio exploratório pelas imediações do centro histórico, como sempre.

> "Recém-chegado e ignorando totalmente as línguas do Levante, Marco Polo só podia se exprimir extraindo objetos de suas malas: tambores, peixes salgados, colares de dentes de facoqueros e, indicando-os com gestos, saltos, gritos de maravilha ou de horror, ou imitando o latido do chacal e o pio do mocho."

Primeira constatação: tinha mais igreja do que gente por lá! Os padres devem se sentir meio solitários durante as missas... A parte boa é que as igrejas estavam abarrotadas de obras de arte. Não seria fácil organizar o tempo para ver tudo.

Segunda — e preocupante — constatação: os napolitanos não falam inglês. E os que arriscam têm um sotaque tão carregado que era melhor tentar uma comunicação meio "italianô-miquês". E, depois, torcer para funcionar!

Luciana.

# InferNapoli:
## Hotel Inferno Mio – a chegada

Não somos, de modo algum, personas exigentes pra com hotéis. Pelo contrário, somos daqueles que preferem gastar dinheiro e tempo nas cidades a visitar, nunca em hospedagens, estadas a ver cinco estrelas. Aliás, quase não passamos o nosso tempo em hotéis. Só que temos nossos limites, nossa tolerância...

\*\*\*

Uma vez, em Santana de Parnaíba, Sampa Gotham, ficamos num hotel tão bagaça, que achei que pegaríamos tétano. Noutra ocasião, em Santos, num calor senegalês, frigobar, ar-condicionado e ventilador, os três de uma só vez, fora de funcionamento. A Luciana teve uma crise de nervos ameaçando deixar tudo...

Nestas férias relatadas no nosso diário, em Lisboa, de início, nada do que reclamar — o hotel era bom, excelente localização, pequeno almoço de primeira e empregados dedicados. Isso foi até irmos pra InferNapoli...

\*\*\*

Desembarcamos tarde no aeroporto da cidade. Eu tinha dormido durante o voo e fiquei surdo. Mesmo tendo lido sobre os perigos de se dormir durante aterrissagens, apaguei... (minha audição também). E custou ela voltar... Tudo bem, prossigamos. O traslado estava lá, pontual e eficiente. Ao entrarmos no carro, mesmo sem escutar o que eu próprio dizia, arriscando um surdo italiano anual, disse: "Hotel Santo Angelo, per favore". "Prego", replicou o motorista.

Voltas depois, chegamos a uma praça central de InferNàpoli. O local, bem escuro, era ilustrado por obras de engenharia a céu aberto, prostitutas em esquinas, bêbados de soslaio e muitos africanos conversando, outros jogando futebol bem em frente à entrada do hotel. Oba!, viva a globalização!

O motorista, constrangido, perguntou se era ali mesmo que ficaríamos. Atônitos, assustados, respondemos que sim... Resignado, nosso condutor nos ajudou a carregar as malas até a entrada do hotel.

A Luciana se apresentou em um inglês da madrugada. O cara da recepção entendeu picas. "Do you speak English?", ela arguiu. O italiano balançou a cabeça negando entendimento... "Spanish?...". O napolitano revoltou o crânio mais negativamente ainda...

O horror tomou conta de nós. Eu soube isso quando a Luciana abaixou o rosto escondendo-o com as mãos. Chegáramos ao "Hotel Inferno Mio"...

# InferNapoli:
## Hotel Inferno Mio – a Suíte Diavolo

O voucher pro Inferno Mio nos deu direito à Suíte Diavolo... Ao chegarmos à recepção, após não conseguirmos nos comunicar com a primeira persona, esta chamou uma outra, no caso, um segurança do hotel pra que procedessem à nossa entrada na Suíte. Dessa vez, o cara falava inglês com um sotaque forte. Ele nos pediu os vouchers e os nossos passaportes. Entregamos tudo. Com os nossos papéis e documentos, ele verificou, no computador, as reservas que fizéramos. Em seguida, nos deu um cartão magnético com o número dos nossos aposentos na tão esperada Diavolo... Antes de subirmos, a Luciana: "Could you give our passaports back, please?". O italiano, com um ar sinistro, sentenciou: "Yes, but just tomorrow...". Isso nos deixou atônitos, preocupados, expostos, frágeis, enfim, derrubados — até tive pesadelos naquela noite com a perda dos passaportes... Após nos resignarmos, subimos...

\*\*\*

A Suíte Diavolo ficava no último andar do decadente hotel Inferno Mio. Ao chegar à porta da Diavolo, a Luciana introduziu o bilhete magnético e... A surpresa ao nos depararmos com a Suíte foi algo único. Vejamos itens e situações:

1) <u>Frigobar</u>: VAZIO... Como morríamos de sede naquele calor intenso, desci à recepção do Inferno Mio e falei: "Please, is it possible to buy a bottle of water here? I am saying this because the mini-bar is completely empty...". O napolitano do balcão, face desértica, apenas confirmou nossa miséria: "No, no, no... You cannot buy anything here right now. If you want to buy a bottle of water, go out the hotel, turn your left, enter in that bar and that is all...".

2) <u>Ar-condicionado</u>: NÃO FUNCIONAVA... E como não havia ventilador, tivemos de suportar temperaturas que, diariamente, variavam de 25 a 39 graus sem qualquer vento, mesmo com a janela aberta 24 horas por dia. A tal janela proporcionava até que uma bela vista (em termos parciais, claro). À esquerda, via-se o Vesúvio. À direita, o centro da cidade a se delinear. O problema era a imagem central. Nela, uma enorme construção que pretendia ampliar as linhas de metrô de InferNapoli. As obras iniciavam-se bem cedinho produzindo um barulho ensurdecedor que fazia os mortos levantar dos túmulos. Ao barulho das britadeiras e escavadeiras, juntavam-se o das infernais

sirenes das ambulâncias e da polícia, bem como o das buzinas dos enxames de motos — mania nacional italiana.

3) <u>Café da manhã</u>: HORRÍVEL... Consistia em pão dormido, frio café solúvel e lúgubres e quentes sucos artificiais.

4) <u>Outros hóspedes</u>: NÃO PROPRIAMENTE UM PROBLEMA, ALIÁS, NENHUM PROBLEMA... Mas vale citar que o Inferno Mio era frequentado, na sua grande parte, por africanos que, todas as noites, jogavam futebol no estacionamento em frente ao hotel. Já no segundo dia em InferNapoli, pela janela da Diavolo, passei a gostar muito daquelas pelejas africanas. Aliás, voltaremos a falar disso no decorrer do nosso diário.

5) <u>TV</u>: A PRINCÍPIO, NÃO FUNCIONOU... O aparelho encontrava-se sobre uma mesa em frente à cama e em meio a um emaranhado de fios. A Luciana achou um folheto explicativo de como se usava o equipamento e, depois de muita tentativa e erro, finalmente conseguiu ligá-lo. Mas a maior surpresa que esse item da Diavolo guardava fui eu quem descobriu. Ao pegar o folheto de instruções da TV, no seu verso encontrei algumas frases escritas a lápis, muito

certeiramente por outro hóspede desafortunado como nós. Eram várias linhas em diferentes idiomas, mas na mesma caligrafia: "Fucked hotel!"; "Hotel scheice"; "Oteno fabmo"... Não resisti e completei a lista poliglota. Pus lá, na língua que falamos em Sampa Gotham: "Hotel fudido"...

\*\*\*

Como disse, naquela noite vazia e escaldante, o pouco período de sono foi espreitado por pesadelos nos quais nossos passaportes eram sequestrados e nós extorquidos... Na manhã que sucedeu uma noite porcamente dormida, saltei da cama e fui direto à recepção do Inferno Mio. A tensão se dissipou ao receber de volta os documentos. Talvez tivesse sido excesso de preocupação da nossa parte... Enfim, nada de ruim aconteceu com os nossos passaportes.

A partir daquele momento, eu parei de sentir medo. Em lugar dele, passou a aflorar em mim uma sensação que beirava o obsceno... Eu deixara de me preocupar, abandonara o temor e passara a cultivar a decadência do lugar e a amar a Suíte Diavolo... Enquanto isso, minha alma escurecia...

Dog.

Nápoles, 14 de julho de 2011.

Fazia um calor do cão naquele lugar! Vimos um termômetro na rua marcando 38°C. O pobre do Dog passava o dia derretendo e tentando se recompor, como uma Fênix que, em vez de cinzas, desfazia-se em suor e, depois, juntava as gotinhas para voltar a existir. Ainda bem que ele aprendeu logo a pedir "Una birra, per favore!". Tomando várias cervejas, não desidrataria tão cedo.

Visitamos uma infinidade de igrejas; uma mais impressionante que a outra. Só que ficamos tão empolgados que perdemos o horário do almoço. Eles têm um horário mais ou menos estabelecido para comer. Rodamos e rodamos até achar um lugar com comida... quer dizer, comida é modo de falar porque, por lá era só pizza, pizza e mais pizza. De vez em quando, eles ofereciam "Pizza o pasta, signore?".

Acabamos em uma pizzaria em que o Bill Clinton comeu (dá para acreditar?!). Ficamos lá tentando encontrar a pizza napolitana. Sabe aquela com mozarela, rodelas de tomate e queijo parmesão deliciosamente derretido? Pois é... não encontramos. O presépio napolitano – igual àquele que tem no Museu de Arte Sacra, perto da estação Tiradentes do metrô, em São Paulo (se ainda não conhece, precisa ver; é divino!) – tem de monte. Um em cada esquina. E com bonequinhos que se mexiam. Parecia uma cidade antiga, de verdade, só que em miniatura. Lindo!

Bom, voltando à comida, a pizza "individual" deles é a que a gente pede para a família toda no Brasil. Tudo bem que a massa é fininha, mas meu estômago não assimila assim. Ele está diretamente ligado ao olho. Quando vi aquilo tudo, fiz o melhor que pude, mas... uma boa parte ficou no prato. Uma judiera... uma das melhores pizzas da Itália – realmente uma delícia! – e eu desperdicei... Tudo bem. Haveria mais nos próximos dias!!!

## Luciana.

# InferNapoli:
## Hotel Inferno Mio - o café da manhã

InferNapoli é paragem caótica. Uma espécie de lógica inacessível a estrangeiros parece guiar a metrópole, e quando tudo leva a crer que o colapso é iminente, a urbe dribla a loucura que pensamos ter se apoderado dela, se renova e segue em frente.

Uma boa maneira de começar a entrar nesse pandemônio é tomando um café da manhã no hotel Inferno Mio, atitude que, por si própria, já é um destaque aqui no nosso diário.

Dependendo da hora, você encontrará, no café do Inferno Mio, turistas desavisados de diversas nacionalidades: alguns de Sampa Gotham (como nós), espanhóis, alemães, gregos, franceses; enfim, todos exibindo ares atônitos, senão de decepção, pelo que é servido ali no Mio. Pra ser sincero, os ares admirados não ocorrem exatamente pelo que é fornecido lá, mas, sim, pela forma como o que é servido lá, de fato, é servido.

Primeiramente, as moças do café não falam inglês, fazendo do local uma babélica antecâmara do Purgatório aonde adentraremos. Além disso, alguma desordem espreita o recinto. Teve dias em que não havia copos, noutros, faltavam colheres — e divertido era mexer o açúcar do café com o cabo do garfo ou da faca, isso se esses talheres estivessem disponíveis, claro.

Ocorreu de, certa vez, eu pegar umas torradinhas e, ao tentar comê-las, quase quebrar meus dentes. O pão estava tão duro que desisti da primeira de três torradas, joguei-a fora e, enquanto ninguém reparava, devolvi pra cesta as duas remanescentes.

Noutra de várias idas nossas ao refeitório, tinha um turista com um tapa-olho. Isso mesmo que você leu, persona: tapa-olho. E o cara era muito sinistro. Carecão, forte que nem um touro e ares de dolosas vocações sanguinárias. Ainda bem que só o vimos uma vez no café do Inferno Mio.

## Dog.

P.S: Como disse a Luciana, não perca tempo procurando a pizza napolitana lá em InferNapoli. A sensação local é mesmo a marguerita. Caia de boca nela, é uma delícia. A pizzaria do Bill Pinton é legal e foi lá que o safado do ex-presidente da terra do Tio Sam caiu de boca na marguerita. Logo ele que deixava "caírem de boca" nele próprio...

Nápoles, 15 de julho de 2011.

Para o período da manhã, tínhamos grandes planos fúnebres! Encontramos, no mapa, uma região da cidade com as indicações de duas catacumbas e de um cemitério histórico. Rumamos para as igrejas com as tais catacumbas: fechadas. É... só nos restava mesmo o cemitério. Andamos igual camelos no deserto – e isso inclui o calor, tá? –, para visitar o dito do cemitério. Chegando lá, a plaquinha: "Chiuso per rinnovo locali". Recorri ao meu super dicionário de italianês básico para descobrir que estavam reformando o lugar. Puts! Nosso querido amigo Ivan ficaria sem a pedrinha de Nápoles. (Ivan é um amigo nosso de São Paulo. Dono de uma loja de discos góticos, Ivan coleciona pedras dos cemitérios que visita em viagens, como também pede aos amigos (nós) que tragam tais suvenires, quando em férias.) Já que estávamos perto do Museo Archeologico Nazionale, acabamos indo para lá. Museus nunca decepcionam! E esse não seria diferente: muita arte; muitas esculturas, uma mais espetacular que a outra; e incontáveis relíquias encontradas em Pompeia e em Herculano. Acho que meu cérebro cresceu com tanta informação! Também, nós só estávamos em um dos museus arqueológicos mais importantes do mundo!!!

(Ah, preciso explicar algo! Pouco antes de viajar, li um artigo sobre o crescimento do cérebro quando aprendemos algo novo. Claro que não era literalmente, era o aumento de células e de sinapses, mas achei tão interessante que fiquei com aquela ideia fixa e comecei a imaginar meu cérebro crescendo dentro do crânio, a cada vez que eu lia ou aprendia algo novo, durante a viagem... Talvez fosse só o efeito do álcool e suas alucinações!)

Até então, devido ao meu pobre italianês, eu ainda não havia comprado nenhum livro napolitano – as livrarias, como os habitantes locais, não são muito fãs de outros idiomas – mas meu consumismo livreiro falou mais alto na lojinha do museu (eu amo lojinhas de museus!!). Lá havia uma infinidade de livros sobre Herculano, Pompeia e a tragédia do Vesúvio, abordando todos os aspectos possíveis e imagináveis. Um dos motivos de estarmos nesta cidade era a fixação que eu sempre tive pelas cidades destruídas pelo famoso vulcão. Então... como resistir a isso?? Impossível. Caí em tentação, quebrando minha promessa inicial, uma vez mais!

Luciana.

# InferNapoli:
## caminhar na cidade

Depois de parcamente nutrido pelo café do hotel Inferno Mio, parta diretamente pra praça Garibaldi — o maior caos urbano que já vi, até mesmo pior do que alguns de Sampa Gotham. A Garibaldi é a segunda etapa da nossa jornada, aquela que sucede a antecâmara que é a Babel do café do Inferno Mio, portanto, chegamos ao Purgatório. Nessa região (e em diversas outras) do centro, experimenta-se algo que chamarei da mais desordenada anarquia urbana, o que, de certa forma, assusta, mas fascina.

Andar em InferNapoli é se contaminar pela multidão. Pedestres desafiam carros, carros partem pra cima de pedestres; milhares de motos (paixão nacional), guiadas por italianos de 12 a 80 anos, sobem nas calçadas; motos com pai, mãe e filho juntos (o rebento sem capacete) aparecem do nada, produzem um barulho ensurdecedor e levam qualquer um ao limiar da loucura.

A cada quadra um monumento, uma igreja, museus incríveis, artesanato do barato ao caríssimo, músicos, artistas de rua, italianos que devem ter vivenciado os bombardeios da Segunda Guerra Mundial, muita arte, muito do melhor legado humano pra contrastar com o caos do trânsito e apaziguar os nervos dos visitantes.

InferNapoli é incrível. Sua gente pode parecer rude ao primeiro olhar, mas no fundo são personas divertidas que se orgulham da cidade, apesar de a criticarem com veemência, especialmente aos políticos que a representam. Enfim, experimentar esse genuíno patrimônio no Purgatório da Itália é algo onírico e vertiginoso.

Se vier a InferNapoli, drible o lixo que se espalha pelas calçadas, parta pelas ruelas, desvie-se das motos, desobstrua o olhar, abra espaço. Depois, frutifique (com a gente) suas sensações: o que viu, o cheiro que grudou em si, o formigamento do sol impiedoso, a admiração proporcionada por determinada obra de arte vista, a dor de barriga causada por um pãozinho velho comido no café do Inferno Mio... Tudo será bem-vindo.

Dog.

Nápoles, 16 de julho de 2011.

> "Quem viaja sem saber o que esperar da cidade que encontrará ao final do caminho, pergunta-se como será o palácio real, a caserna, o moinho, o teatro, o bazar...
> Assim – dizem alguns – confirma-se a hipótese de que cada pessoa tem em mente uma cidade feita exclusivamente de diferenças, uma cidade sem figuras e sem forma, preenchida pelas cidades particulares."

Acordamos cedinho para ver o que motivou nossa viagem até Nápoles: as ruínas da cidade de Pompeia. Havíamos encomendado, anteriormente, um desses passeios com um ônibus cheio de turistas. Fazer o quê?! Era a única maneira viável de chegar ao pé do vulcão. Aspectos positivos: os guias falavam um ótimo inglês e não tivemos de nos matar para acompanhar todas as explicações!

Uau! O lugar é mesmo impressionante. Difícil acreditar que o Vesúvio pegou todo mundo desprevenido, eliminando praticamente a cidade inteira... E as reproduções de como as pessoas foram encontradas durante as escavações são chocantes. Uns tentando proteger a cabeça; outros segurando o nariz, buscando respirar; uma mulher grávida e até um cachorro; isso sem falar na infinidade de objetos e alimentos... Impossível descrever aquilo tudo.

Visitamos, também, o "Lupanário", que era o prostíbulo da cidade. Um pênis de pedra esculpido no chão resiste há quase dois mil anos e indica o caminho para a — tão procurada pelos turistas! — construção. Lá dentro, os quartinhos, minúsculos mesmo, com apenas uma cama de pedra, traziam, na parte superior de cada porta, um afresco com a "especialidade" da moçoila que ocupava aquele espaço. Interessante notar como a fúria destrutiva da natureza parece ter mantido intacto aquele pedaço da cidade! O guia nos explicou que a origem do nome do lugar poderia ser creditada à fama que as "primas" tinham de, quando ficavam sem clientes, sair pelos arredores uivando como lobas à caça de suas "presas"... Tenso, hein?

\*\*\*

Duas importantes descobertas desse passeio: "Limoncello" e "Lacrima Cristi". O primeiro, um licor feito com limões típicos da região (mais ou menos do tamanho de um melão!) e que – pelo teor alcoólico altíssimo – é algo deliciosamente embriagante! O segundo, um vinho muito bom, feito com uvas plantadas na região. O nome remete à lava do vulcão, correndo Vesúvio abaixo, em comparação com as lágrimas do Cristo. Ainda bem que os padres também são fãs de vinho, senão, eu ia pensar que era algo profano!

A tarde nos reservaria uma das visões mais tétricas até então: "Chiesa Santa Maria Danima do Purgatorio", uma igreja dedicada às almas perdidas. Os detalhes eram peculiares, todos feitos com caveiras. A parte de baixo da construção era uma espécie de catacumba repleta de ossos humanos.

Olha... tenho certa aceitação para com cemitérios, coisas góticas e afins, mas fiquei chocada com a maneira extremamente funesta com que os ossos eram dispostos. O seriado "Bones" era fichinha perto daquilo... Imaginem um cemitério em que os corpos, ao invés de ficarem embaixo da terra, ficam em cima. Era mais ou menos isso!

"I need a drink" – era tudo que eu conseguia pensar ao sair dali. Ainda bem que o Limoncello, comprado pela manhã, nos aguardava no hotel!

Luciana.

# InferNapoli:
## o diabo engarrafado

    Os napolitanos conseguiram engarrafar o capeta. Depois do lustroso feito, o coisa ruim passou a atender pela alcunha de "Limoncello". Trata-se de um artefato nuclear de pôr fim a qualquer viagem por InfeNapoli. Ele é feito com limões colossais, coisa bizarra mesmo, obra das cinzas do Vesúvio e do folclore local que não me deixa mentir. Nós conhecemos o diabo engarrafado após visitarmos Pompeia. Levei uma amostra pra suíte Diavolo...

    O teor alcoólico é altíssimo, cerca de 37%. Num único copo solteiro, embarca-se numa viagem sem volta ao inferno, sem escalas em quaisquer purgatórios e sem ajuda de Dantes e Virgílios afins.

    Demos cabo do tinhoso da garrafa em poucos dias. Isso, certamente, já antecipou em muito o meu processo de cirrose, apagou permanentemente vários dos meus combalidos neurônios... Ainda bem que, antes, registrei aqui no diário vários fatos de InferNapoli...

                                                      Dog.

Nápoles, 17 de julho de 2011.

Iríamos explorar uma área diferente da cidade. A parte mais à costa, onde se situa o Palazzo Reale, o Teatro San Carlo, o Castel Nuovo, entre tantas outras coisas bacanas. O sol estava escaldante; só conseguimos ficar aliviados dentro do palácio, pois era bem fresquinho. Aí resolvemos dar uma olhada na praia do Mar Tirreno. Não há areia, como nas praias do Brasil; eles tomam sol deitados em pedras. Pedras enormes, que ficam onde deveria ter areia. Coisa de louco! Forram a toalha sobre as pedras e ficam lá, tostando! E a visão do mar, cheio de barquinhos e com o Vesúvio ao fundo, é de tirar o fôlego.

Voltamos para a região central. Lá os predinhos são todos amontoados, criando muitas sombras agradáveis nos bequinhos estreitos. Como era domingo, todos devem ter ido comer espaguete na casa da nonna; o comércio estava fechado e as ruas desertas. Conseguimos apreciar uma porção de coisas que não dava para ver com o ritmo normal da cidade. Bem parecido com São Paulo, nesse aspecto.

Ao pararmos no único café aberto da redondeza, pedimos — em italianês, claro! — uma cerveja e uma água. Não sei como (!), um tiozinho tipicamente americano, hiper-super-mega-blaster alto, daqueles que, de tão brancos acabam vermelhos, perguntou de onde éramos. Falei que éramos do Brasil e ele — num idioma totalmente enrolado, misturando um monte de línguas — disse que falava um pouco de português, porque havia jogado basquete em Lisboa e no Rio de Janeiro. Ficamos papeando com ele mais um pouquinho e depois voltamos para o hotel, para curtir o sol se pondo atrás do Vesúvio!

Luciana.

# InferNapoli:
## futebol africano

Uma atração gratuita que tivemos em InferNapoli foi o futebol africano. As pelejas ocorriam todas as noites no estacionamento em frente ao mais ultrajante hotel do Purgatório — lá mesmo, personas, no nosso já conhecido Inferno Mio.

Na Suíte Diavolo, a sensação é das cinco estrelas vistas após (e apenas e tão somente após) beber o diabo engarrafado. Isso inclui diversão inusitada, que, na língua de Sampa Gotham, não significa coisa desprezível. Estou me referindo ao já citado futebol africano, a mais possível e quase única diversão de fins de tarde ao pé do Vesúvio. Tornei-me fã.

Ainda às 8 da noite é claro na cidade. Os africanos começam a organizar os times por volta dessa hora. Quando as equipes já estão minimamente formadas, traves são improvisadas com caixas de papelão e até mesmo laterais de carros ali estacionados viram travessões a impedir os bólidos velozes.

E logo começa o jogo. E da Suíte Diavolo a visão é privilégio de poucos poetizados em férias no Purgatório: nós (oba!). Eu conseguia, de onde estava, ver cada lance, cada improviso, cada sacada de malandro, cada trapaça...

Se há mesmo um Deus e um Diabo, este último, o coisa ruim, passou a perna no todo poderoso: o tinhoso fez o Inferno Mio e a Suíte Diavolo. Antes, porém, o Santíssimo, nos primórdios, inspirou os humanos a fazer duas das mais sofisticadas invenções: os livros e os vinhos. Talvez, esse mesmo Deus, fanfarrão, em dias de saco cheio, tenha nos motivado a criar as duas coisas mais populares do universo: a cerveja e o futebol.

Na Suíte Diavolo, dissertava acerca do sobrenatural que ali não passava de cotidiano: Deus (o futebol africano) e o Diabo (o Inferno Mio) se encontraram. Nós, afortunados, vimos tudo e seguimos... Até o fim do mundo.

Dog.

Nápoles, 18 de julho de 2011.

"...o passado do viajante muda de acordo com o itinerário realizado, não o passado recente ao qual cada dia que passa acrescenta um dia, mas um passado mais remoto. Ao chegar a uma nova cidade, o viajante encontra um passado que não lembrava existir: a surpresa daquilo que você deixou de ser ou deixou de possuir revela-se nos lugares estranhos, não nos conhecidos."

Não tínhamos planos mirabolantes para nosso último dia em terras napolitanas – a não ser nos despedir da comida com uma bela pasta ou pizza, regada por um daqueles deliciosos vinhos da casa. Ah, os vinhos! Na Itália é assim: se pedir um vinho da casa, ele vem numa jarra; é muito barato e simplesmente delicioso! Fazíamos isso o tempo todo... E se comprar em qualquer mercadinho, a maioria é DOCG ou DOC; sem falar nos IGT...! O quê? Você não sabe o que significam todas essas siglas?! Eu também não sabia até há pouco. Aprendi durante a viagem, enquanto fazia meu cérebro crescer! Vamos lá, as duas primeiras significam: "Denominazione di Origine Controllata e Garantita" e "Denominazione di Origine Controllata"; o último é Indicazione Geografica Típica. Honestamente? Ainda não sei a diferença no gosto de um e outro! Não virei especialista, nem tenho essa pretensão. Só sei que todos os vinhos eram saborosíssimos para o meu paladar!

Enfim... nesse dia, decidimos procurar um museu que, apesar de não constar no mapa, tinha um monte de obras dos artistas mais importantes da Itália. Após horas andando sob um sol escaldante, descobrimos por que ele não estava no mapa. Não cabia! Era muito longe e ficava fora da região coberta pela carta. Mas valeu cada passo dado. Um acervo impressionante, dentro de uma construção de cair o queixo.

No final da tarde, caminhadinha básica para nos despedirmos de tão singular cidade. O amanhã, um novo destino: Florença!

Luciana.

# InferNapoli:
## o adeus ao Inferno Mio e a ida a InferniFirenze

Na última noite em InferNapoli, a privada da Suíte Diavolo quebrou. Cerrei a porta do banheiro. Minha intenção, meio óbvia, era manter o cheiro medonho longe do quarto.

Ao tampar o nariz e ao baixar a tampa da privada, prender e perder a respiração, saí rapidinho do lugar insalubre.

Então, fiz a primeira descoberta científica da nossa movediça viagem: as moscas de merda (elas estavam lá, juro!) são mais inteligentes que Lucianas e Doggies em viagens.

As moscas estavam lá. E as moscas não estavam mais lá... Foi eu fechar a porta do lúgrube recinto, e a comitiva de voadoras migrou pro espaço aéreo da nossa cama.

Enviadas pelo próprio senhor delas mesmas, o Senhor das Moscas, o tinhoso, o sangue ácido, enfim, o demo em persona, as tais moscas fizeram uma assembleia na madrugada. No ato democrata e legislativo, votaram e puseram em prática as novas diretrizes que versavam sobre a união aos pernilongos, seus camaradas, e sobre as melhores formas de pousar em nós, zumbir ao nosso redor (nesse caso, falamos dos malditos pernilongos), azucrinar nossas orelhas e... pior: arrotar pra gente ouvir... Sim, ali eu fiz a segunda descoberta arabesca e científica da viagem: as moscas do Inferno Mio arrotam. Exatamente o que leram: arrotam!, fazem campeonatos de arrotos nos nossos ouvidos e tudo o mais...

Destruídos pelo calor, pelo Limoncello, pela estridência de buzinas vindas de fora da Suíte Diavolo, pelos arrotos de moscas infernais e pelo cheiro de merda parada na privada do Inferno Mio, chegáramos ao fim da jornada por InferNapoli.

Já sentindo uma mórbida e masoquista saudade, ao pegarmos a perua do traslado que nos levaria ao caminho de InferniFirenze, lamentei deixar InferNapoli, versei sobre frivolidades e perguntei:

"Qual o próximo hotel, Luciana? Como se chama?"

"Chama-se 'Machiavelli', Dog" — ela respondeu.

Deixei escapar um sorriso maligno e murmurei palavras proféticas por lábios de uma singular decadência em um século que engatinha, mas já se sente ultrapassado:

"Bom, com um nome desses... Bem, esse hotel a gente nem vai precisar apelidar..."

Dog.

Nápoles, 19 de julho de 2011.

Acordamos às 4h30, pois um daqueles tiozinhos simpáticos viria nos buscar às cinco da madrugada para nos levar até o aeroporto de Nápoles. Dali, pegaríamos um voo até Roma e, de lá, outro para Florença.

Deu para perceber que ficamos meio viciados no Fiumicino, né?! Na verdade, é que esses voos, além de incrivelmente rápidos — mais ou menos meia hora cada um —, ainda são muito baratos, o que facilita nossa locomoção (e de nossas malas)!

Aterrissamos em Firenze (que é como os italianos chamam a cidade) umas dez e pouquinho. Ali, a rotina de sempre: tiozinho esperando com o nome do Dog em uma plaquinha para nos deixar no Machiavelli. Pelo nome, e depois da experiência traumática, estávamos com os dois pés atrás! Mas as suspeitas — felizmente! — não se confirmaram. As pessoas da recepção, assim como o cara que levou as malas para o quarto (pois é, tivemos até carregador de bagagem!) falavam inglês e o ambiente geral nos impressionou positivamente, logo de cara.

Jogamos as malas no quarto e fomos explorar a cidade. Primeira constatação: turistas por todos os lados e de todos os cantos do mundo. Uma verdadeira Babel! Segunda constatação: esse povo adora uma fila... até parece paulista! Iríamos passar muito tempo em filas por lá. Terceira constatação: o lugar é um espetáculo!

Luciana.

# InferniFirenze:
## Machiavelli

Foi maledicência minha especular com o nome da nossa parada seguinte, o hotel Machiavelli, em InferniFirenze.

Os voos de InferNapoli pra Roma, e de lá pro novo destino, transcorreram bem. Igualmente boa foi a chegada ao Machiavelli, via traslado.

O local é ótimo, tudo opera a contento, as instalações são antigas, mas conservadas e funcionam direitinho, os empregados falam inglês, espanhol, o café da manhã é de primeira e dormir lá é bem fácil de tão silencioso que fica ao anoitecer.

Além de todas essas qualidades, o Machiavelli fica no centro da espetacular InferniFirenze...

Dog.

P.S: Maquiavel, o próprio, está enterrado por lá. Esperamos que ele venha tendo o sossego que merece, tal como o hotel, que leva o nome do filósofo. Mas, personas, duas coisas antes de fechar: 1) a cidade seria suficientemente sossegada mesmo?; 2) depois de tudo que passamos em InferNapoli, poderia eu me acostumar a um lugar sem muitos impactos nos nervos? Pois bem, nas próximas páginas do diário, veremos o que aconteceu...

Florença, 20 de julho de 2011.

"É uma cidade igual a um sonho: tudo o que pode ser imaginado pode ser sonhado, mas mesmo o mais inesperado dos sonhos é um quebra-cabeça que esconde um desejo, ou então o seu oposto, um medo. As cidades, como os sonhos, são construídas por desejos e medos, ainda que o fio condutor de seu discurso seja secreto, que as suas regras sejam absurdas, as suas perspectivas enganosas, e que todas as coisas escondam uma outra coisa."

Pulamos da cama bem cedo, pois tínhamos a árdua missão de chegar aos lugares mais badalados antes da turba ensandecida de turistas desesperados. A primeira tentativa foi no complexo Duomo: frustrada. Chegamos meia hora antes de abrir. Já havia uma pequena multidão aguardando na fila... Tudo bem, não era nada muito exagerado, dava para esperar. E, para ajudar a passar o tempo, tínhamos nosso livro amigo, o guia, que antecipava com seus textos e fotos, todas as maravilhas que veríamos quando, enfim, conseguíssemos entrar!

Para subir ao topo da cúpula, era necessário enfrentar 463 degraus, o que dá mais de 90 metros de altura, rumo às nuvens! Bom, além de pagar os pecados, íamos oxigenar nosso sangue – dizem que faz bem para o pobre coração, ainda banhado no vinho dos últimos dias!

Mas esse esforço todo vale muito a pena. Na primeira parada, é possível ver, bem de pertinho, – já no teto da cúpula – os afrescos de Vasari, do século 16. Com um pouquinho mais de boa-vontade, subimos para o topo, de onde é possível ter uma visão magnífica de toda a cidade. O Dog ficou grudado às paredes, sem se arriscar a olhar para baixo, fazendo tímidas fotinhos. E eu que pensei que ele já tinha superado o medo de altura!

Depois, rumamos para a Galleria dell'Accademia, para ver – entre outras coisas – o famoso Davi, de Michelangelo. Claro que enfrentamos outra fila, mas, a essa altura, já estávamos nos acostumando! Sem palavras... tudo bem que ele era um gênio, mas como o cara conseguiu esculpir mais de cinco metros de tamanha perfeição? Eu poderia ficar uma semana apreciando todos os detalhes daquela monumental estátua! Uau... e se foi aquele "carinha" quem matou o Golias, não quero nem imaginar o tamanho do tal gigante!!

Luciana.

# InferniFirenze:
## filas quilométricas

Após o sossego de um café no Machiavelli, flutuamos até a saída pra... descobrir que... InferniFirenze é uma Babel de turistas. Os locais (lindos) são todos lotados, as filas estendem-se infinitamente sob a escaldante temperatura italiana de férias.

O primeiro dia foi frustrante. Tentamos o Duomo, e a fila assemelhava-se a uma ponte Rio-Niterói pro inferno. Fomos à Galleria dell'Accademia ver o peladão do Davi, do Michelangelo. A fila era maior que uma ereção do Golias. Falaremos do Davi depois.

***

A primeira visita foi ao vertiginoso Duomo. Em seguida, vimos a catedral de mesmo nome. Finalmente, nova investida à Galleria dell'Accademia.

Fundada em 1563, a Accademia foi a primeira escola de desenho, pintura e escultura a tomar lugar na Europa. Hoje, é uma forma cruel de experimentar o jeitinho italiano de ser... Explico.

Diretamente na bilheteria, na hora, o ingresso custa 11 euros. Comprar não é o problema, chegar até o guichê é que é a perpétua imolação.

A persona fica na filona esperando o mundo acabar, Jesus voltar ou, mais difícil, o Itaquerão ser finalizado – e tudo isso pode acontecer antes de o guichê despontar no horizonte sombrio do fim dos tempos.

Já as excursões, agendadas com antecedência, têm o privilégio (mais caro) de cortar toda a centopeia de humanos em férias que é o verdadeiro corpo da maldita fila, deixar a comer poeira as massas que somos nós, os desavisados, e desfrutar antecipadamente de um dos melhores testamentos artísticos do Ocidente.

Tais regras do jogo não são muito justas, porém, as conhecemos de antemão, o que as tornam de certa maneira lícitas. O que nos deixou meio constrangidos foi ficar naquela fila dos diabos e sermos abordados por umas meninas de uniforme, crachá e que seguravam umas plaquinhas: "Pague 29 euros por persona, fure a fila, visite o museu acompanhado de um guia, veja tudo com narração bilingue e mande uma banana pro resto dos idiotas da fila".

Sinceramente, pagar quase três vezes o valor do ingresso oficial me soou capitalismo selvagem, mercantilização das artes e elitização do acesso a elas. Não topamos a proposta.

Além de nós, acredito que a grande maioria das personas ali também não aceitou o expediente proposto; quase todos ouviram os argumentos sem os aceitar.

Mas eu creio que, no fundo, no fundo, a estratégia delas não dava mesmo certo exatamente por causa... delas... Não entenderam? Vou fazer-me cristalino: as meninas são muito... muito mesmo... feias... A garota que nos abordou era um exemplo disso. Ela nos fitava com olhar sádico, malicioso. Seus olhos eram translúcidos, ela era corcunda e o rosto lembrava o de um morcego. A menina cara de morcego. A menina-morcego.

Teci uma teoria sobre como o esquema poderia ser mais eficaz. Se em vez de tantas barangas, eles contratassem umas modelos e uns modelos bonitas(os) pra abordar os turistas, a adesão ao projeto de furar a fila seria em escala industrial.

Assim, o visitante do museu, seduzido pela beleza traiçoeira, sucumbindo aos desejos, pagaria quatro vezes mais pra ser retirado dali, conduzido por um corredor escuro pra ser entregue às... mesmas monstras atuais, incluindo a menina-morcego... O diálogo que se seguiria poderia ser:

"Ei, mas eu paguei pra visitar o museu na companhia daquela gostosa que me pegou na fila, não pra ir com você...".

"Isso não foi dito".

"Mas eu pensei que ia ser com ela..."

"Ninguém disse que seria".

Nesse momento, cortinas escuras abrir-se-iam, o turista desavisado, pagando pelo que vira, seria levado pelo que não vira.

Dog.

P.S: Quando, depois, fomos visitar a Uffizi, nos deparamos com um fila ainda mais colossal do que a da Accademia. Pra nossa surpresa, quem estava lá rondando o mundareu? Ela, a menina-morcego. A vampira chegou até a conversar conosco, mas seguiu seu voo. Ao vermos ela sumir, outra menina (menos feia do que a sua predecessora, mas ainda assim mocreia) apareceu e ofereceu os mesmos serviços. Olhamos a fila gigantesca e nababesca, refletimos, calculamos o tempo que perderíamos e... sim... aceitamos pagar mais caro e furar a fila... Acabávamos de sucumbir ao jeitinho italiano de ser...

Florença, 21 de julho de 2011.

O dia prometia ser de mais uma overdose artística. Visitaríamos a famosa Galleria degli Uffizi, maior museu de arte da Itália, com obras de todos os mais renomados artistas do mundo. Um sonho!

A fila (como sempre) enorme. Deve ser que nem show em São Paulo: gente dormindo lá para guardar lugar. Não é possível... chegamos tão cedo! Mas conseguimos dar um jeitinho de entrar rápido. Dog deu todos os detalhes sórdidos no capítulo anterior; afinal, a mim cabe somente a parte séria desta narrativa. Ele é que é o mentor do Inferno Permanente!

Enfim, dentro do lugar, já dava para perceber: não conseguiríamos apreciar as obras da devida maneira (se é que existe uma). Primeiro porque elas são muitas, de inúmeros tipos e de diversas épocas. Por mais que meu cérebro se esforçasse para crescer, não conseguiria absorver tanta informação. Segundo — e mais trágico — devido ao desespero dos turistas. Era gente se acotovelando, querendo passar um por cima do outro, para chegar...

...às legendas.

É sério! Não sei para que tanto sacrifício. Para ler um texto grande, um tanto quanto técnico (a maioria só em italiano), sobre artista e obra, que — infelizmente — não durará mais que 30 segundos na mente. Eu gostaria muito mais de "sentir" a arte, de apreciar o estilo, de vibrar com as cores, com as formas... de imaginar o artista em ação. Bom, só imaginar mesmo, porque na Uffizi tem sempre uma criança chorando, uma mãe ou pai gritando para ela calar a boca, ou para ela tirar a mão da obra. E quando você demora um pouquinho a mais em frente a uma tela, chega alguém com um audioguia grudado ao ouvido, te empurrando de maneira nada sutil, para chegar até...

...a legenda!

Acho que isso é mania de internet, não é possível! Já reparou como agimos quando estamos na internet? Num site de notícias, vemos uma foto e antes de olhar atentamente para a imagem, procuramos... pela legenda! Queremos saber exatamente do que se trata. Sabe aquela história de que uma imagem vale mais do que mil palavras? Balela! Ainda vou escrever uma tese sobre isso...

Bom — estresses à parte —, ao fim de mais de quatro horas de deleite artístico, conseguimos percorrer as mais de 40 salas e saímos onde?? Na lojinha do museu! Que, aliás, de lojinha não tinha nada. Era um shopping center, com todo tipo de souvenir possível e imaginável, verdadeira massificação da obra de arte — outra tese quase pronta —, e livros! Livros, livros e mais livros! De todos os tamanhos, cores, sabores, idiomas e preços! Creio ser desnecessário dizer que me acabei, né?!

A essa altura, estávamos famintos e fomos parar numa pizzaria, onde eu finalmente encontrei a Napolitana. Puxa! Ela existe aqui, mas tem anchovas (eca!). Vale dizer, a comida daqui não é tão boa quanto a de Nápoles.

Para fazer digestão, fomos visitar uma igreja emblemática, a Santa Croce. Essa mais parecia um cemitério do que uma igreja. Um espetáculo! Ali vimos túmulos de Michelangelo, Dante (simbólico, os restos dele não ficam ali), Maquiavel, Galileo, e um monte de outros italianos importantes. Verdadeiras joias... mas, também, lá, né? O que mais poderíamos esperar?!!

Luciana.

# InferniFirenze:
## o pinto do Davi, do Michelangelo — mas é mesmo nosso!

Dias antes das férias, li um gibi do Hellblazer em que o mago canalha John Constantine é interrogado por um agente do FBI. O diálogo, mais ou menos em palavras parecidas, era:

"Sou um agente especial do FBI e vim te interrogar."

O Constantine replica:

"E o que é que te faz tão 'especial' assim?"

O agente, um negro enorme, fulmina:

"O meu caralho de vinte e cinco centímetros (em descanso, porque duro...)."

Com minha altura inferior a 1,70 metro, ter um pinto de vinte e cinco centímetros seria uma proeza natural que me motivaria a chamar os órgãos de preservação e solicitar um processo de tombamento patrimonial. Falando em pinto...

\*\*\*

Uma das obras mais famosas de InferniFirenzi tem um pinto gigante que já é, de longa data mesmo, patrimônio da humanidade: o pinto do Davi, do

Michelangelo. Ele mesmo que te veio à mente enquanto lia essas linhas, persona, aquele peladão de pedra.

O pau do Davi é da humanidade inteira. O pinto dele é nosso; de todos nós mesmo. Quer confirmar? Ande, então, pelas ruas de InferniFirenze e veja por si próprio. O cacete de pedra está estampado em tudo que é cartaz, camiseta, bolsa, folheto, etc. É pica do Davi pra todo lado.

Na piazza della Signoria, há uma réplica da estátua e o turista já vai apreciando o nervo exposto sem precisar pagar nada. Mas deleite mesmo é cair (cair com os olhos, seja dito) no original, que, como foi falado antes, fica na Galleria dell'Accademia — sim, aquela onde é possível encontrar, rondando por lá, a menina-morcego, vista anteriormente.

Depois de uma hora na fila, finalmente vimos o musculoso bíblico. Realmente, é uma obra mestra das artes...

Dog.

P.S: Tenho de registrar que tive compaixão pelo velho Davi. São tantos os olhares e comentários ao grande peladão que percebi que o pobre anda um tanto abatido, estressado, deprimido... E o corpo dele já expõe as marcas de jornadas e mais jornadas de exibição: rachaduras. Sim, algumas fissuras já são visíveis na perna do bonitão. E como se não bastassem as horas de trabalho, o peso dos anos, o monte diário de personas a atender, a virilidade eternamente exigida, puseram no desafortunado Davi umas máquinas eletrônicas pra vigiar os machucados na pele de pedra do nosso herói. São umas geringonças que monitoram permanentemente o nível de estresse do Davi. Inventaram o BBB do Davi... E há quem, vendo a rachadura na perna do gostosão, erga os braços em gratidão aos céus e exclame: "Graças a Deus a rachadura é na perna, não é no...".

Florença, 22 de julho de 2011.

Queríamos visitar Pisa, então encomendamos um daqueles passeios em que você corre atrás do guia o tempo todo e não consegue aproveitar nada, além do ar-condicionado do ônibus! Em Florença já não faz tanto calor, então, restou a mim apenas passar frio dentro do ônibus. Pois é... Depois de torrarmos no calor napolitano, acabamos virando picolé a caminho de Pisa!

E lá fomos nós a uma viagem de mais ou menos uma hora e meia. Já que tínhamos opção, escolhemos o idioma espanhol desta vez. Ao pararmos no estacionamento, antes de adentrarmos as muralhas da cidade, já dava para ver a torre. Ela é mesmo torta! Tortinha da Silva! Muito legal.

Como não havia escapatória, corremos atrás do guia, que tentava explicar fatos históricos e arquitetônicos sem – difícil! – deixar ninguém do grupo escapar para fotografar. Nosso tempo era curtíssimo: visitaríamos o batistério e a catedral, pararíamos para umas fotos na famosa torre (Não! Não tiramos aquela foto que todo turista faz, brincando com a perspectiva, tentando impedir a torre de cair), e sobrava alguns minutos "livres" para banheiro, água e afins. Valeu a pena! Findo o passeio, voltamos para mais uma hora e pouco de congelamento dentro do ônibus. Pelo menos, a vista da janelinha era muito bonita.

De volta a Florença, estávamos mortos de fome. Saímos à caça de algo que não fosse pasta ou pizza; o Dog já estava enjoado e se recusava a repetir o menu. Paramos em uma tratoria (Ah, tratoria, na Itália, ao contrário do Brasil, é só um restaurante normal, com 'quase' todo tipo de comida); ao olharmos o cardápio, identificamos algo familiar: bracciola. Logo me vieram à mente aqueles maravilhosos bifes a rolê, da minha mãe. Oba! Pedimos, claro!

Quando chegou o prato, a decepção. Dois bifes normais, muito mal passados, cercados de batatinhas – estas, sim, confesso, estavam uma delícia! –, mas, apesar das tendências gótico-vampíricas, eu odeio carne sangrando... Consegui comer uma parte e, mesmo assim, passei mal o resto do dia. Acho que ficaria no básico pasta-ou-pizza dali para frente!

Luciana.

# InferniFirenze:
## saques nas igrejas e nos museus

Certa vez, li um autor que dizia que, independentemente do tamanho de uma exposição, a fotografia que mais lhe interessaria seria, com certeza, a mais singela do conjunto.

Vou ser redundante e repetitivo: InferniFirenze é espetacular. Vá até ela e se deixe dominar pelo hercúleo acervo de pinturas, esculturas, artes aplicadas, sem contar a arquitetura magnífica.

Mas voltando aos dizeres daquele autor que mencionei, apesar de tanta exuberância, os locais de que mais gostei foram realmente os mais singelos: a Casa do Dante, onde o poeta nasceu, local que hoje se converteu em um museu sobre vida e obra do escritor; a capela da Beatriz, musa do Dante — trata-se de uma igrejinha próxima ao mencionado museu do poeta —; e, finalmente, o Museo Nazionale Alinari della Fotografia.

Os Alinari são uma família de fotógrafos locais que se dedicou de vida e alma à arte das objetivas. As fotos lá expostas não são somente muito boas, elas formam um conjunto afetivo sobre o labor da imagem e, também, sobre o carinho pra com InferniFirenze.

A cidade e a fotografia, aliás, formam par obrigatório. Talvez pela formosura que mencionei, os turistas são tomados por uma insaciável fome de imagem. Fotos das praças; do chafariz; da cópia do Davi, do Michelangelo (a que está ao ar livre, não a original, que esta é proibido fotografar); das inúmeras vielas; das incontáveis igrejas, suas torres e cúpulas; fotos dos interiores dos museus e das citadas igrejas... Aí chegamos ao problema do presente capítulo deste diário.

\*\*\*

Lá na cidade de Piz(s)a, notoriamente conhecida pela fálica torre torta, os visitantes são tomados por um frenesi de fotos; tiram instantâneos de tudo e se deixam fotografar em poses pitorescas frente ao monumento inclinado. É gente do mundo inteiro posando como se estivesse segurando a torre. Muitos se esgueirando pra fazer a torre sair na foto como se fosse um pênis gigante. É mico pra todo lado...

Apesar do constrangedor de tais cenas, ninguém está, em jardins de Piz(s)a, cometendo qualquer delito. As imagens são permitidas, incentivadas até. E isso porque proliferarão o monumento pelo planeta. Diria que as fotografias dali não são condenáveis; são, na verdade, um delírio ingênuo e saudável, tiradas ao ar livre, sem o menor constrangimento. Eis o ponto: ao ar livre, foto não faz mal a nenhum patrimônio histórico...

\*\*\*

Voltando a InferniFirenze, o perigo é tirar foto dentro das igrejas e dos museus. Algumas dessas instituições até permitem o uso de câmeras, desde que sem flash. É que o danado fere o ouro, aquece as velhas tintas e pode, a médio e a longo prazos, efetivamente destruir as obras de arte.

Mas apesar dos esforços dos infernifiorentinos responsáveis por fiscalizar os turistas nos museus e nas igrejas, não passamos um dia sequer sem ver ávidos em férias fotografando interiores, burlando regras justas e tirando retratos e mais retratos com culpa explícita.

Vou usar apenas um exemplo, o da igreja de Santa Maria Del Fiore, bem no centrão da cidade, pra expressar a compaixão que tive pelas obras ali à mercê de ávidos fotógrafos de férias.

Sacar imagens lá é permitido, desde que se aposentem momentaneamente os flashes. Mas bastou os turistas entrarem, que o resultado foi dantesco: flash pra lá e pra cá. Falando em Dante, o próprio está ali retratado num quadro em que ele aparece nos mostrando o Inferno, o Purgatório e o Paraíso — pra este último, a passagem sai mais caro e você, pagando um preço ainda mais alto, pode furar a fila por intermédio das meninas-morcego.

O Dante, minhas caras personas, tá com cara de cansado naquele quadro. É flash sobre flash e todos eles, todos os dias, por cima da pele de tinta do pobre poeta.

É mesmo insalubre ser obra de arte. O coitado do Jesus que o diga. Além de ser esculhambado pelos romanos, é condenado a eternamente ficar pregado na madeira e exposto, cruz e tudo, em fundos úmidos de diversas igrejas. O Cristo da Santa Maria Del Fiore leva porrada de flash o dia inteiro.

E assim vão os turistas, rajada por sobre rajada de flash proibido, clique atrás de clique, cujo resultado suspeito que não será visto por ninguém após alguns dias posteriores ao término das férias, lá se vão eles, como se fossem ladrões de imagens, pilhando tudo em saques nas igrejas e nos museus... Pobres Dante e Jesus...

                                              **Dog.**

Florença, 23 de julho de 2011.

> "Todas as coisas que vejo e faço ganham sentido num espaço da mente em que reina a mesma calma que existe aqui, a mesma penumbra, o mesmo silêncio percorrido pelo farfalhar das folhas.
> No momento em que me concentro para refletir, sempre me encontro neste jardim, neste mesmo horário..."

Acordamos com cheirinho de pão. Os pães que comemos de manhã são produzidos no próprio hotel e, bem cedo, o odor invade o quarto, fazendo com que flutuemos, levados pelo olfato, para nos deleitarmos na melhor parte do dia: o café da manhã. Uma delícia! Isso sem falar no cheiro de café, que nossas narinas sentem, ao caminharmos cedinho pelas ruas...

Bom, a programação começava com o Museo Nacionale il Bargello — o segundo museu mais importante de Florença —, que estava incrivelmente vazio, comparado aos museus e galerias anteriores. Acho que o povo dormiu até mais tarde no sábado. Sorte nossa! Depois, rumamos para o Museu do Dante; um lugar muito legal e com uma lojinha super simpática. Impossível não comprar nada ali!

Esses passeios, ao menos para nós, demoram bastante, pois gostamos de alimentar nosso cérebro, para que cresça forte e saudável! Ao sair, para variar, estávamos famintos e fomos procurar algo para comer. Paramos num bequinho com vários cafés — que aqui é uma mistura entre restaurante e lanchonete. Escolhemos o Adi's Diner, que prometia "pastel de feira, coxinhas, risoles, brigadeiros gigantes e muito mais... A primeira lanchonete com delícias brasileiras no coração de Firenze!" Dá para acreditar? Comemos "junk food" brasileira em plena Florença!!

No final da tarde, voltamos ao hotel. Nosso italianês já estava tão bom que conseguimos até assistir à TV. Pena que as notícias eram meio mórbidas; os atentados na Noruega e a morte da Amy Winehouse...

Luciana.

# InferniFirenze:
## Portugal, o pioneiro da globalização

Eu fui a Lisboa, nesta viagem, levando uma lista de títulos de livros, os quais tencionava comprar na terrinha — todos escritos naquela deliciosa grafia lusitana que não parece estar mesmo nem aí pro rocambolesco novo acordo anarcográfico que estamos penando pra assimilar nos tristes trópicos.

Invariavelmente, os livros que queria comprar — e, em alguns casos, logrei êxito — versavam sobre a história de Lisboa ou da terrinha toda. Um deles que consegui adquirir é "Portugal, o pioneiro da globalização", um compêndio das navegações que marcaram os descobrimentos e levaram o pequenino país europeu a todos os cantos do mundo.

Em resumo, "Portugal, o pioneiro da globalização" prova que os portugueses, antes de terem virado (eles mesmos) piada de português, estavam à frente de seu tempo. Tudo bem que, hoje, o país está bem atrasado em relação a outros pares europeus; mas o livro é bem legal. Feito esse preâmbulo no presente capítulo do nosso diário, voltemos a InferniFirenze...

\*\*\*

Passear por InferniFirenze dá torcicolo. É que são tantos prédios primorosos que o preço a pagar pra vê-los é uma ímpar dor física de andar mantendo a cabeça inclinada pra mirar múltiplas lindas realizações da arquitetura.

Após um café abastado, saímos do Machiavelli pra passear. Fazia, inusitadamente, uma manhã bem fria e permeada de chuviscos. Nem bem pusemos os pés nas vias públicas, bocejei e me espreguicei, sendo que, naturalmente, levantei os braços pra alongar os músculos. Foi quando ouvi... "PLOCKT!". O problema, de fato, não foi ouvir, mas, sim e logo em seguida, sentir... Bosta... Era merda outra vez caindo como oferenda do céu direto pro meu corpo... Merda de pombo... Dessa vez, de um italiano...

***

Pela segunda ocasião em um mesmo período de férias, eu havia sido atacado por pombos terroristas. Cagaram em mim de novo... Algumas hipóteses a aventar. A primeira é que os pombos da cidade portuguesa de Évora (lembram dos biltres que lá em mim cagaram?), macomunados com os parceiros deles em Lisboa (lembram também da cagada que levei lá?), tenham arquitetado uma rede de espionagem que espreitou os meus passos pela Europa. Com esse expediente sórdido, eles logo chegaram à Itália pra cometer aquele bem sucedido atentado à base de merda em ruas de InferniFirenze.

A segunda possibilidade que me veio à mente é que realmente Portugal ainda seja o pioneiro da globalização, tal como defende o livro que comprei.

Se a hipótese dois é realmente a mais plausível, nenhuma rede de intrigas formara-se. Em vez disso, apenas a simples influência dos hábitos e costumes dos globalizados pombos portugueses teria recaído sobre seus alados amigos italianos. Isso significaria que o esporte preferido dos bichinhos lusos haveria de ter se internacionalizado. Assumindo essa premissa, cagar em mim deixaria de ser apenas uma mania portuguesa pra se tornar, inicialmente, uma prática na comunidade europeia, culminando, na sequência, em algo bem pior: uma paixão global que me perseguiria pelos cantos do mundo até o fim dele mesmo...

Com isso, Portugal comprovaria, a despeito de todas as crises econômicas recentes, ainda ser o pioneiro da globalização. Enquanto isso, eu seguia limpando minhas camisetas cagadas...

Dog.

Florença, 24 de julho de 2011.

Despertamos para um domingo chuvoso. Difícil acreditar que isso pudesse acontecer no verão europeu. Achei que fizesse sol o tempo todo... Mas a cidade até que ficou mais charmosa; fiz várias fotos explorando os reflexos das ruas e calçadas molhadas; incrível como tudo é belo quando estamos em férias!

Esperamos uma trégua dos céus e fomos em direção ao Arno; atravessaríamos a ponte para visitar o Palazzo Pitti, um antigo palácio transformado em museu. Do lado de lá do rio, é possível vislumbrar as cúpulas e torres de Florença. Uma visão simplesmente onírica...

Quando estávamos mais ou menos na metade do caminho, a chuva apertou. Continuamos andando, nos esgueirando pelas beiradinhas, parando sob os toldos das lojas, tentando não molhar o equipamento fotográfico, quando avistei... uma livraria!!! O refúgio perfeito! Agora poderia chover o resto do dia!

Flutuando pelo lugar, gastando meu parco italianês para tentar ler um pedacinho desse livro, a quarta capa de um, a orelha de outro, eis que vejo uma prateleira cheia de calendários. Eram daqueles calendários grandes e cheios de fotos. Comecei a fuçar; tinha de várias cidades italianas, de personalidades, de animais, de pintores, de escultores e, de repente, encontro um de quem??? Do Johnny Depp, meu ídolo perfeito! Lindo, maravilhoso!!! E só tinha um... com uma foto diferente para cada mês do ano! Estava reservado para a parede da minha sala... só pode ser. Ganhei o dia antes mesmo de a chuva passar!!

Luciana.

# InferniFirenze:
## livros de viagem

Além de comprar livros em Portugal, minha intenção literária durante essas férias era escrever meu próprio próximo livro. Até levara material impresso pra pesquisar. Desisti. Ou melhor: posterguei a escritura. Isso se deu quando considerei mais tentadora a proposta da Luciana de escrever este nosso diário.

\*\*\*

Já tive a oportunidade de me expressar sobre o motivo de eu escrever crônicas. Faço-as pra que possamos nos divertir, sem culpa, sem cerimônia, sem preconceitos. Guardem essa palavra: preconceito; ela será o fio a conduzir o presente capítulo do nosso diário.

\*\*\*

Além de material bibliográfico pra escrever o meu próximo trabalho, a bagagem literária que trouxera incluía um livro extraordinário que li nas idas e vindas, do Inferno Mio ao Machiavelli, um título antigo que sempre adiei leitura: "É isto um homem?", do Primo Levi. A obra é o mais lúcido libelo contra o nazismo, contestadora dos campos de concentração, opositora do preconceito.

Levi foi arrastado a Auschwitz por, obviamente, ser judeu. Uma vez lá, o italiano lutou pra se adaptar à rotina desumana e extenuante. A narrativa descreve com sobriedade, humanidade e arte o dia a dia de seres desprovidos de cidadania. Concluindo, o relato eleva o sentido do que pode significar ser digno quando nada mais se tem. Logo, "É isto um homem?" é, realmente, uma obra-prima contra a intolerância e o preconceito.

\*\*\*

Sou daqueles que acham que os escritores têm de levantar a voz contra as injustiças. Se conseguirem fazer isso sem serem panfletários, tanto melhor. Modestamente, eu – por intermédio do Arlindo Gonçalves – também gritei literariamente contra a violência, no caso, contra um massacre de alguns sem-teto que ocorreu no centro de Sampa Gotham.

O Primo Levi ergueu a voz dele na obra mestra "É isto um homem?" de maneira inesquecível. Não há, no texto, um único trecho com palavras de ordem, sindicais por assim dizer. Não existe, no livro inteiro, nem sequer um parágrafo a nos inflamar o ódio interior contra os nazistas — um chamado à vingança das almas. Em suma, Levi fez o que os artistas de verdade fazem: deu-nos o seu testemunho deixando-nos a tarefa (bons escritores não decidem pelos leitores, deixemos claro) de interpretar aquela situação toda ali relatada e decidir nossa posição no mundo — julgamentos, isenções e consequências de tudo isso.

Naquela tarde, em InferniFirenze, terminadas as visitas culturais, ao voltarmos ao Machiavelli e por lá ligarmos a TV, vimos cenas de horror... Notícias que me remeteram imediatamente à obra do Levi.

\*\*\*

O caso ocorreu em Oslo, Noruega. Foram dois atos de violência que tomaram lugar e encheram as telas das TVs de todo o mundo. Um par de massacres, o primeiro à bomba, o outro à bala. Ambos vitimaram quase cem personas, no total.

Um dos suspeitos, no momento em que víamos as notícias, já detido, teria, segundo as coberturas, ligações com o nazismo. Isso se confirmou depois.

\*\*\*

Vendo as imagens na televisão estrangeira, naquele dia, e sabendo, depois, a confirmada ligação do assassino com o nazismo, não foi possível privar-me de comparar a mensagem do Primo Levi ao que aquele terrorista norueguês tinha feito. Dispor do canto literário do Levi diante de mortes premeditadas e sem sentido aparente, pra mim naquele momento de férias, significou lembrar a eterna luta da boa literatura contra a barbárie. O legado de seres como o autor de "É isto um homem?" é uma perene forma de reagir ao preconceito e à falta de sentido em mortes prematuras como aquelas que, estarrecidos, víamos no Machiavelli. Basta lembrar que quase todas as vítimas eram muito jovens, com menos de 20 anos.

***

Livros de viagem? O do Primo Levi é um livro triste. Mesmo assim, eu o escolhera em plenas férias... Escolha acertada, saberia depois. Eu planejara escrever meu próprio livro. Um livro triste, também. Desisti pelo nosso divertido diário. Mas não desisti da leitura do Levi. E ela, diante do massacre de Oslo, abriu caminhos pra observar a beleza, pra preservar a esperança, pra lembrar os mortos. Tive, então, um pensamento diferente naquelas andanças italianas. Fiz uma pausa na diversão do nosso diário... Pelos assassinatos de Oslo; pelos nossos sem-teto massacrados em Sampa Gotham... Que bom que eu ainda tenho você, meu caro Levi...

Dog.

Florença, 25 de julho de 2011.

Praticamente todas as grandes atrações da cidade já foram vistas. Então, estávamos nos dedicando às mais distantes e às mais singelas. Pela manhã, atravessamos novamente o rio para chegar até a Piazzale de Michelangelo – um lugar bastante alto e aconchegante, com uma visão maravilhosa da cidade. Nos arredores, havia duas igrejas muito lindas, que valeram pela exaustiva subida. Em uma delas, aliás, havia um cemitério... finalmente, depois de longa busca, quase ao final da nossa jornada, uma pedrinha para o Ivan!

A parte da tarde foi reservada para igrejinhas de Florença. Apesar de menores, são tão relevantes quanto as outras; cheias de obras importantes... Para finalizar o dia, fomos até uma pizzaria, para apreciar o famoso calzone – outra delícia italiana que deixará saudades (porque o do Brasil é bom, mas não é tão grande nem tão gostoso!).

A volta para o hotel contou com a parada clássica no "mini super mercati" para abastecer. Peraí... mini-super? E olha que nem estávamos em Portugal, hein?! Paradoxos nominais à parte, o importante é que lá é possível adquirir Lambrusco a dois euros; dá para acreditar?? Pois é... tínhamos de aproveitar enquanto nosso sonho etílico ainda durasse...!

**Luciana.**

# InferniFirenze:
## Padre Roberto, parte 1

Na visita que fizemos à igreja da Beatriz, musa do Dante, vimos um local singelo, com quadros nas paredes. Eram imagens que, quando vistas, remetiam a gente à época do poeta e da musa dele. São cenas do Dante encontrando a hoje famosa Portinari nas vielas italianas, do casamento da moça com outro cara e mais algumas tomadas cotidianas.

O ambiente era bastante escuro e tocava, na pequena igreja, umas músicas sacras. Numa das paredes, colado, havia um cartaz que anunciava em italiano e em inglês um texto que aqui traduzo pro nosso diário: "Se desejas adquirir o livro 'Marguerita, la chiesa de Dante e Beatriz', vá até a igreja Santa Maria dei Ricci e fale com o padre Roberto".

O anúncio dizia que a obra vinha acompanhada de um CD com as músicas que ouvíamos ali, bem como de uns postais que reproduziam os quadros da igreja. Finalmente, o comercial mostrava a capa do livro e informava que o texto estava disponível em diversas línguas: italiano, francês, inglês e outras.

O autor do trabalho era o próprio padre Roberto, indicado pelo cartaz como a persona a ser procurada pelos que quisessem comprar o título. Ficamos bastante interessados...

\*\*\*

Saímos da igreja da Beatriz e fomos até o local indicado pelo cartaz. Ao chegarmos lá, vimos que a Santa Maria dei Ricci também era bem pequenina e simples. Bastante escura, já na entrada era possível ver o mesmo cartaz do livro. No ambiente, ressoava uma música de órgão. De fato, havia um grande instrumento desses na parte de cima da igreja; mas a música que ouvíamos não era tocada ao vivo — a igreja estava totalmente vazia e aquele som era gravado.

No fundo, uma mesinha com umas velas, uns folhetos e um exemplar de um outro livro do mesmo padre Roberto. Além disso, havia por perto duas portas laterais, ambas trancadas — certifiquei-me disso ao verificar as maçanetas. Nenhum sinal do padre. Desistimos.

Fizemos mais uma visita à Santa Maria dei Ricci, e o cenário foi o mesmo. Repetimos a ida até lá depois, mas nada do padre Roberto...

\*\*\*

Numa quarta investida, tudo vazio de gente novamente. Dessa vez, algo nos surpreendeu. Encontramos, sobre a mesinha dos folhetos, dois pequenos papéis escritos à mão, um deles em espanhol e o outro, em inglês. Lemos e ambos diziam a mesma coisa nos distintos idiomas. Algo mais ou menos nesses termos a seguir traduzidos: "Padre Roberto, estive aqui diversas vezes porque estou interessado no seu livro sobre a igreja do Dante, mas não encontrei o senhor. Estou indo embora de InferniFirenze amanhã e, se não se importar, ponha um exemplar do livro aqui nesta mesa, que eu deixarei o dinheiro da compra no ofertório. Assinado: Enriquez".

A descoberta daquele recado bilíngue nos animou a prosseguir na busca do misterioso padre Roberto...

**Dog.**

Florença, 26 de julho de 2011.

> "Eu falo, falo – diz Marco –, mas quem me ouve retém somente as palavras que deseja. Uma é a descrição do mundo à qual você empresta a sua bondosa atenção, outra é a que correrá os campanários de descarregadores e gondoleiros às margens do canal diante da minha casa no dia do meu retorno...
> Quem comanda a narração não é a voz: é o ouvido."

Visitamos uma igreja que, inicialmente, era um mercado de grãos, construído em 1337. Fomos até o Museo di San Marco, lugar que, no século 13, foi um convento de monges dominicanos. É incrível como eles transformam e continuam usando as coisas! Mas com tantos anos de experiência na bagagem, não é para menos. O Brasil nem tinha nascido, e os caras já estavam reciclando prédios!

Os últimos dias nas cidades são sempre nostálgicos. Ficamos andando pelas ruazinhas, meio calados, principalmente eu, que falo pelos cotovelos! Para o Dog, ficar calado é mais normal. Caminhamos observando os ângulos, luzes, texturas, procurando fazer as melhores – e últimas – fotos. E este dia não poderia ser diferente dos outros. Por mais bem feitas que sejam, nenhuma das imagens que fizemos conseguirá expressar a sensação de termos estado lá. Que pena!

A parte da tarde foi reservada para comprar lembrancinhas para as pessoas queridas e isso – obviamente – nos inclui! Aproveitamos para deixar nossa bagagem um pouco mais pesada com livros e, no meu caso, com marcadores de livros que enriquecerão minha vasta coleção.

À noite, missão impossível: enfiar tudo nas malas e conseguir fechá-las sem precisar sentar em cima... Finalmente, a última garrafa de Lambrusco antes de dormir, já sonhando com as aventuras de um novo destino: Veneza!

Luciana.

# InferniFirenze:
## Padre Roberto, parte 2

O dia seguinte ao da nossa última investida em procurar o Padre Roberto era o derradeiro de nossa passagem por InferniFirenze.

Como já tínhamos coberto a quase totalidade de museus, igrejas e praças da cidade, achamos tempo pra uma última tentativa de encontrar o desaparecido religioso.

Pra nossa surpresa, ao chegarmos mais uma vez ao fundo da igreja, por sobre a mesinha, já uma velha amiga nossa, havia um novo pedaço de papel.

Espantados, vimos que era uma resposta do Roberto ao missivista Enriquez. Diferentemente do turista espanhol, que escrevera em dois idiomas, Padre Roberto respondia apenas em inglês. Em termos simples, dizia: "Querido Enriquez, infelizmente, não posso deixar o exemplar do livro porque já me levaram cinco cópias quando as pus aqui contando que me iam pagar por elas. Se o faço, pode ser que outro, antes de você, venha e leve o livro. O que você pode fazer é vir novamente amanhã, por volta das nove da noite, durante o concerto de órgão, que estarei aqui e te darei o livro. Outra alternativa é mandar uma mensagem de texto pro celular número XXXXXXXX, que o Samuel, nosso assistente, colega que sempre fica nos degraus da igreja e também mora aqui perto, virá em cinco minutos pra atender você. Atenciosamente, Padre Roberto".

\*\*\*

Realmente, havia na igreja um cartaz que alertava haver ali, todas as nove, concertos de órgão, provavelmente após os cultos.

Pensamos em voltar naquela mesma noite, mas, como era nosso último dia em InferniFirenze, julgamos que seria cansativo. Alternativa a isso era ligar pro número do Samuel, ou mandar uma mensagem. Só que não conseguiríamos fazê-lo dos nossos ultrapassados aparelhos originários de Sampa Gotham.

A última ideia que tivemos foi especular pelo comércio nos arredores e ver se alguém conhecia o Padre ou o assistente Samuel.

Escolhi uma loja de vinhos, entrei, me dirigi ao camarada do balcão, me apresentei em italianês primário e perguntei se ele falava inglês. O moço disse que sim, então, conversamos. Eu perguntei se ele saberia me dizer como encontrar o Padre ou Samuel. Expliquei que buscávamos o livro e que já viéramos diversas vezes à igreja, e nada de encontrá-los.

O rapaz até confirmou conhecê-los de vista, mas não saberia como achar qualquer um deles àquela hora. Sugeriu, por fim, voltar à noite e assistir ao concerto de órgão; com certeza, acharia o Padre. Agradeci a dica e me retirei...

\*\*\*

Talvez, estivéssemos (nós e o espanhol Enriquez) fadados a não conseguir mesmo o livro. Quem sabe aquela aura de mistério devesse permanecer. Em se tratando de Dante Alliguieri, isso é bem factível. Assim, num misto de decepção por não termos conseguido o livro nem conhecido o Padre Roberto e de sensação gostosa de uma busca, com direito a cartas escritas à mão, deixadas e respondidas em escuros fundos de uma igreja à margem do esplendor de InferniFirenze, abandonamos a procura e guardamos a história pra expô-la a vocês aqui no diário. Relato este que foi escrito por lá e, depois, devidamente acondicionado em malas, junto a diversos livros e todos embalados em saudade, deixou a cidade na manhã seguinte. Começávamos a ida à InferNeza.

Dog.

Florença, 27 de julho de 2011.

Este seria o dia de gastar, de uma forma não tão agradável, nossos agora parcos euros... Ao fecharmos a conta no hotel, a pessoa disse que teríamos de pagar uma tal de "imposta di soggiorno Firenze", que nada mais era do que uma taxa diária de permanência na cidade. Lembro-me de que quando fomos para Fernando de Noronha, eu já tinha ficado chocada com uma taxa desse tipo, quando vi; imagine agora ter de deixar nossos preciosos euros para trás! Dava para comprar um monte de livros com esse dinheiro! Bom, tudo bem, vai, valeu a pena. Tudo muito lindo.

Depois de pagarmos chorando, lá veio o tiozinho para nos levar a mais uma eletrizante passada pelo Fiumicino! Isso se (putsss... quase no final da viagem??) não houvesse um atraso no voo para Roma. O que estava inicialmente marcado para as 11h25, constava no painel como 13h40. E nosso avião para Veneza era 12h20... tudo estava perdido!

Ficamos horas na fila para eles arrumarem outra conexão compatível. O problema foi que essa 'compatibilidade' nos fez chegar a Veneza mais de três horas após o previsto. Adivinha se o tiozinho com a plaquinha nos esperou... claro que não! Só nos restava pegar um táxi até o hotel. Lá se foi mais quase 50 euros. Ouch...!

Jogamos as malas no quarto e fomos fazer o reconhecimento da cidade e dos canais. Como o hotel ficava um pouco afastado do centro, pegamos uma peruazinha do próprio estabelecimento para chegar à terra firme – o que não é lá muito fácil! Água para todo lado!!

Ficamos zanzando aqui e ali até escurecer e eu consegui fazer umas fotos bem interessantes, mesmo com a garoa que caía. Bom, tínhamos de voltar... e não fazíamos a menor ideia de que caminho seguir. O que fazer, então? Pegar outro táxi... A parte boa é que, devido à multidão de turistas internacionais, eles entendem bem o inglês, apesar de não fazerem esforço algum para falar o idioma – eles adoram o italianês! Destino alcançado, nova facada: a corrida deu mais de 25 euros!!!

Era realmente um dia para gastar nosso dinheirinho... Restava dormir e ver o que o amanhã nos reservaria!

Luciana.

# O aeropurgatório

Deixar InferniFirenze foi difícil em dois aspectos: sentimental e prático. O primeiro ponto diz respeito ao fato de a cidade ser sensacional, de experiência extraordinária e inesquecível. Essa, pois bem, é a parte sentimental. A dificuldade, de ordem prática, em deixar a cidade das artes pertencia aos intrincados meandros dos corredores dos aeroportos internacionais e à lógica ímpar e impenetrável que essas instituições têm.

O nosso voo a sair do aeroporto de InferniFirenze é do tipo que só decola quando quer. Naquele dia, decidiu que sairia do chão após três horas a contar do horário oficial impresso nos tíquetes.

Além do temperamento intransigente do nosso querido InferniVoo, tivemos de aturar o que cunhei aqui no diário de "filagonia", que é o pavor que dá ver uma fila imensa de turistas (e fazer parte dela) suando frio (você idem) pra tentar se comunicar em vão com os empregados do aeropurgatório enquanto, ainda na fila, nos movemos milímetros por hora até chegar a lugar nenhum.

Todos ali perderam as conexões. Quando disse "todos", entendam, personas, que me refiro a um dramático coletivo de muitas almas das quais nos concentraremos em: 1) o oriental, o assustador; 2) os portugueses náufragos de alguma caravela perdida no caminho das Índias; e, finalmente, 3) nós mesmos.

### O oriental, o assustador

Estar numa Babel proporciona um prazer exclusivo que é o de se deliciar com a musicalidade das vozes nos diversos idiomas das almas inquilinas da velha torre. Mas em vez de fruição, o que tive ali no aero-purgatório, inicialmente, foi mesmo é terror. Explico. É que, bem na nossa frente, estava um grupo de orientais conversando em voz bastante alta. Um deles falava de forma tão assustadora ao ponto de, a cada sílaba, eu sentir minha espinha gelar. Não sei o tipo de capacidade sobrenatural aquele homem tinha, mas, apenas pela voz, ele conseguiu despertar em mim terrores abissais. Certa hora, passei a delirar imagens do sujeito sacando uma espada de samurai e golpeando todos na fila. No delírio, eu era o primeiro a sucumbir ao ataque.

### Os portugueses, os desencantados

À nossa frente, vimos um casal de portugueses. Descobri que eram lusos, porque distingui o sotaque e por conta dos passaportes que ambos deixavam à vista e nos quais, estampado bem grande, lia-se o nome "Terrinha".

Uma senhora do aeropurgatório veio até cada um daqueles desgraçados de nós ali na fila pra dar instruções. Dependendo do infeliz que encontrava, a velhinha falava um idioma diferente. Com fluência, ouvi-a destilar italiano, espanhol e inglês. Ao chegar ao casal de portugas, vendo o nome "Terrinha" nos passaportes, pra total espanto nosso e deles, a tiazinha começou a falar em... português. Isso mesmo, em um claro e bem esculpido idioma lusitano.

O casal estava com cara abatida, triste até mesmo pros padrões melancólicos do povo português. E falar em idioma familiar com a poliglota velhinha do aeropurgatório não os fez melhorar. Pareciam mesmo um fado em forma de gente, uma solitária taça vazia pela qual antes passara um pouco de vinho do Porto ou uma garrafa inteira dele, só que caída no chão, espatifada e encarnada pelo néctar desperdiçado. Era como se tivessem perdido a última caravela que os levaria até o fim do mundo — ou por engano, certamente chegariam às Índias.

**Nós, os inúteis, e o hell shop**

Perdemos o nosso primeiro avião, restando-nos um segundo InferniVoo, o qual acumularia três horas de atraso. Nossa conexão pra InferNeza foi sacrificada por causa disso.

No intervalo entre despachar as malas e decolar do aeropurgatório, procurei algum lugar onde pudesse tomar uma cerveja. Nas imediações do portão de embarque, nada de lanchonetes. Vi somente um desses free shop (hell shop, diria depois...).

\*\*\*

Entrei no hell shop, e não havia cervejas populares por lá. Encontrei apenas algumas artesanais marcas italianas. Eram caras, mas eu não tinha encontrado nenhuma outra loja. Encarei a trolha, peguei uma cerveja, saquei da carteira umas moedinhas e fui ao caixa.

O rapaz que lá estava pra me atender pediu-me o bilhete de embarque. Foi quando lembrei que eu o deixara com a Luciana. Pedi permissão pra ir até ela e pegar o papel. Ele topou.

Ao retornar, o mesmo rapaz do caixa fez uma leitura de código de barras no meu tíquete. Nenhuma codificação foi vista pelo aparelho. Perplexo, o italiano ainda tentou, inutilmente, novas investidas ao código por mais umas três vezes. Só que nada mudava, nenhuma identificação. Ele franziu a testa e me perguntou em inglês:

"Seu destino final é Roma ou você irá pra lá pegar outro voo de conexão?"

"Vamos pra lá, mas o destino final é InferNeza."

"Ah, então é por isso que a leitora não autorizou a compra da cerveja. Se o seu destino final fosse Roma, poderíamos vender a bebida, mas com InferNeza não firmamos acordos tributários. Sinto muito."

E foi recolhendo a garrafa. E eu, um tanto perplexo, muito frustrado, um ar de humilhação, fui recolhendo minhas moedinhas. Sumi dali...

\*\*\*

Promessas de fim de ano por uma vida mais saudável, tratamentos médicos, enfim, muitas razões já me impediram de beber, mas aquela era a primeira vez que um entrave tributário me privava de cerveja.

O empecilho fiscal naquele hell shop não só me tomara tempo como também fizera minha sede aumentar. A fome também veio...

\*\*\*

Fomos ao piso superior ao do saguão de embarque e por lá achamos uma lanchonete livre de restrições tributárias. Entrei numa fila pra pedir pedaços de pizza, uma cerveja e uma garrafinha de água.

O lugar era bem prático, nada de ter de declarar imposto de renda pra comprar uma birra. Bastava entrar na fila, pedir ao caixa os produtos almejados e ele mesmo, o caixa, se encarregava de cortar os pedaços de pizza e cobrá-los depois juntamente com as bebidas.

Saquei as mesmas moedinhas que tentara usar no hell shop assim que o italiano pôs sobre o balcão os nossos pratos. Por um descuido meu, uma das moedas escapou da minha mão, deu duas mortais piruetas no ar e caiu fatalmente no queijo de uma das pizzas, afundou por lá e não foi mais vista... O italiano olhou com uma cara de desprezo e sarcasmo pra mim, como se falasse: "Ma che palerma!". A minha desgraça se consolidou ao ver que não havia mais nenhum pedaço na estufa do balcão, de modo a eu pedir pra torcar pela minha com a moeda. A fila atrás de mim cresceu e ficou composta por diversos e gigantescos escoteiros anglo-saxões vindos não sei de onde. Saí de lá levando a pizza recheada com euro. Claro, não deixei aquele pedaço enriquecido com metal-moeda prejudicar a Luciana; eu mesmo o comi.

\*\*\*

Cansados, suados, envergonhados e, no meu caso, contaminado por euro-queijo, finalmente, à bordo do InferniVoo, saímos do aeropurgatório. Adeus InferniFirenze!

Dog.

Veneza, 28 de julho de 2011.

> "As margens da memória, uma vez fixadas com palavras, cancelam-se — disse Polo.
>
> Pode ser que eu tenha medo de repentinamente perder Veneza, se falar a respeito dela. Ou pode ser que, falando de outras cidades, já a tenha perdido."

O dia seria curto para a quantidade de coisas legais que planejamos. Ah, antes que vocês perguntem, não, andar de gôndola, definitivamente, não estava em nossos planos, por uma série de motivos que prefiro não citar para não chocar os românticos leitores de coração fraco! Outra coisa: os canais não são fedidos, como afirmam alguns. Pode ser que tenham sido em algum momento no passado, mas não sentimos absolutamente nenhum cheiro ruim enquanto estávamos lá. Talvez a passagem do maravilhoso Johnny Depp para filmar "O Turista" tenha dado um jeitinho! Quem sabe ele tenha deixado seu perfume no ar... ah, delírios de uma fã sonhadora...!

Primeira parte do plano: visitar a Basilica di San Marco, mas a fila (sempre ela!) era imensa. Preferimos apreciar o Palazzo Ducale; a fila era menor e o lugar igualmente repleto de ricas obras de arte. Depois, rumamos para a Accademia, com um acervo incrível, que passa por praticamente todos os movimentos artísticos, desde a arte bizantina e gótica até chegar a coisas mais contemporâneas. Mais uma contribuição para o crescimento do meu cérebro. Um detalhe: as lojinhas de museus até que não são tão tentadoras assim... ou será que eu já estava com o acervo (e as malas!) suficientemente cheio (cheias)?!?

Outra coisa interessante: apesar do Carnevale de Veneza durar super pouco — quatro dias apenas —, parece que o que há de mais famoso por ali são mesmo as máscaras. Não há lado que se olhe e não se veja as benditas; desde os camelôs, que não são uma exclusividade do Brasil, acreditem! — mas, diriam alguns, camelô na Europa é mais chique, né? —, até as lojas mais charmosas, passando pela decoração de casas e restaurantes. É máscara até não querer mais! E os turistas — claro! — fazendo a festa. Tem gente que coloca a máscara na cara para tirar foto na rua... e os italianos só olhando com aquele ar de "Ma che ridicolo!"... Tentei convencer o Dog a pagar o mico, mas não consegui!

Luciana.

# InferNeza:
## Saturno existe, parte 1

Na época da faculdade, ainda no primeiro ano letivo, com mais cabelo, menos peso, cheio de esperanças por um país mais justo, me recordo do pessoal dos cursos de biológicas, um povo legal que frequentava o mesmo bar que a gente, nos convidando a visitar uma feira de ciências que eles promoviam anualmente.

Estandes com pôsteres sobre o corpo humano, painéis enormes pra mostrar a vida de fungos, bactérias, vírus, enfim, um monte de coisas naquelas feiras de ciências.

Durante a nossa visita, Paulus, amigo meu de sala, e eu nos dirigimos a uma barraca onde havia uma série de microscópios. Na entrada, umas moças solícitas nos conduziram aos locais de observação da vida diminuta.

Parasitas, pequenos insetos, enfim, todas as incríveis criaturinhas eram ali vistas, através daqueles microscópios. Paulus escolheu observar ácaros num dos aparelhos ali disponíveis.

Meu amigo esfregou os olhos, aproximou-os das lentes e perscrutou por elas a ínfima vida de um aracnídeo minúsculo.

Nem bem encostou a vista no microscópio, Paulus deu um pulo pra trás e, expessão de assombro, disse:

"No... nossa, não é que eles existem mesmo? Não é mentira, eu vi... Eu vi um ácaro... Ele existe de verdade... O ácaro existe!"

A cena foi tão divertida que, passados tantos anos, eu ainda me recordo sonoramente daquele "O ácaro existe!". E isso virou um jargão, a partir de então. Sempre que eu vejo algo surpreendente, exclamo: "Isso existe!", "Aquilo existe!", "Aquiloutro existe!". Vou a plenos pulmões perpetuando a exclamação original feita por Paulus diante do ácaro.

Foi assim no Peru, quando, deslumbrado por Machu Picchu, afirmei: "Nossa, não é que ela existe mesmo! Machu Picchu existe!"

Efeito semelhante ocorreu em Foz do Iguaçu: "Meu Deus, as Cataratas existem de verdade; olha lá!". Já em Barcelona: "Jesus, a Sagrada Família é pra valer; ela existe mesmo!".

\*\*\*

Tempo atrás, fiz um curso na escola de filosofia Palas Athena. A proposta era revisitar expositivamente os mitos gregos e, depois, em aulas de campo, visualizá-los no espaço sideral por intermédio de telescópios e na forma das constelações batizadas com os mesmos nomes mitológicos.

As aulas teóricas eram responsabilidade do professor Basilio, camarada de longa data. Já as discussões práticas e as observações do espaço ficavam por conta de um casal de astrônomos convidados pela escola.

\*\*\*

Numa tarde fria de junho, ao chegar à Palas, já no jardim que antecedia a entrada do casarão onde a escola se localizava naquela época, vi meus amigos de curso, o professor Basilio e os astrônomos das nossas aulas. Todos eles, em fila, aproximavam-se de um telescópio ali montado. Meio confuso, percebi que era uma das aulas de campo. Meu mestre, ao me ver chegar e após me cumprimentar, convidou-me a observar os astros:

"Eles estão vendo Saturno, Dog. Entre na fila e veja também".

Acolhi a proposta, entrei na fila e, quando minha vez chegou, limpei minhas lentes, esfreguei os olhos, recoloquei os óculos no rosto e aproximei a vista do aparelho. No início, não consegui distinguir nada através do telescópio. Mas, aos poucos, o borrão branco no campo de visão foi se formando, ficando nítido... Então, eu vi...

O susto foi tanto que dei um pulo pra trás... Basilio, que acompanhava tudo, perguntou:

"Que quê isso, Dog?", no que respondi:

"Pro... professor, Sa... Satur... Saturno existe mesmo..."

"Sim, existe" – sorriu matreiro meu professor. – "Veja de novo".

Eu obedeci, olhei novamente o espaço. Pensei em dizer, mas faltou coragem. Ainda assim, arquitetei a fala:

"Com todo respeito pelo senhor e pela sua instituição, professor, mas isso aqui é sensacional e merecia um cigarro de maconha e um barril de chope pra comemorar. Porra, Saturno existe...!"

Dog.

P.S: Calma, personas, tudo isso fará sentido no contexto do nosso diário de viagem, sim. É só aguardar capítulo oportuno...

Veneza, 29 de julho de 2011.

O Holiday Inn é uma dessas redes que tem hotel em tudo quanto é lugar no planeta, com serviços e quartos padronizados. Não acreditei quando vi o menu de travesseiros para a gente escolher se quer botar a cabeça em pena de ganso ou em lã sintética... e eles não cobram nem um eurinho a mais por isso. Muito chique! O café da manhã, assim como a cama, o chuveiro e os travesseiros, são excelentes! Difícil é querer sair da cama aconche(gi)gante; mas é só lembrar de todas as belezas escondidas por entre os becos e canais que pulamos da cama rapidinho e super bem dispostos esquecendo a ressaca de vinho do Porto e de Lambrusco (pois é... eles continuavam super baratos por ali também!) para passear por aí.

No dia anterior, desenhamos um roteiro muito bem organizado – especialidade de meu virginiano consorte! Todas as igrejas e museus que são pertinho uns dos outros; assim poderíamos otimizar o tempo – que parece sempre escasso, quando há tanto para ver e fazer.

Visitamos muitos lugares mesmo... e voltamos para o hotel completamente exaustos. O Dog estava com uma bolha no pé e ela parecia um alien querendo fugir do corpo! É... viajar é bom, mas pode ser bem cansativo às vezes. Ainda bem que tínhamos um monte de regalias no hotel para colaborar com nosso restabelecimento! Amanhã haveria de ter mais!!!

Luciana.

# InferNeza:
## Saturno existe, parte 2

Eu havia visto Saturno. Nada mais tinha prioridade na ordem do dia. Pelas lentes do telescópio, o gigantesco planeta era visto como um delicado e pequenino desenho prateado, com seus lindos anéis; uma verdadeira poesia no espaço. Realmente, nada mais tinha relevância depois de ter dito pro Basilio: "Pro... professor, Sa... Satur... Saturno existe mesmo...".

Eu sairia dali e nada me impressionaria. Iria trabalhar, as tarefas perderiam o sentido e a única coisa que me ocorreria pensar seria na próxima aula e na chance de ver de novo meu querido Saturno.

Assim sendo, ao chegar ao trabalho, daria um tapa seco e sonoro na testa do auditor da empresa e diria: "Que se foda a ressalva no nosso balanço, Saturno existe!". Se o meu chefe (da época em que vi Saturno) viesse me cobrar serviços em atraso, exigisse aquela conciliação bancária que nunca bate, o balanço que custa sangue gotejante por dias, as malditas guias de recolhimento de tributos, um poço burocrático, enfim, nada chegaria a arrranhar meus ouvidos. Eu riria e, depois de esbofetear meu chefe, gargalharia e completaria a miséria dele com: "E daí? Eu vi Saturno!". Limitado pela porrada dada por mim e desnorteado pelas palavras sem sentido pra ele, meu chefe teria o encerramento daquela miséria toda na forma de um tapão meu nas duas orelhas dele. Se ainda assim ele respirasse pra poder ver, eu mostraria a língua e sairia pulando por cima das mesas, gritando com fôlego de pulmões de nadador: "Saturno existe!".

***

Um pouco depois, assombro igual ao de ver Saturno nós tivemos ao ver... InferNeza. Ao conhecer aquela cidade, não pude deixar de invocar o antigo jargão de Paulus, adaptando-o à situação: "Porra, Luciana, InferNeza existe!".

A cidade é ímpar, esplêndida. Das praças maravilhosas, como a tradicional São Marco, aos recônditos de vielas onde turistas se perdem, passando por museus e igrejas sensacionais, InferNeza entrou imediatamente pra galeria das coisas impressionantes que marcaram minha vida: Machu Picchu, a Sagrada Família, as Cataratas e, claro, Saturno.

InferNeza, tal qual o meu amado planeta Saturno, existe – e com a vantagem de que pudemos visitá-la. InferNeza é assustadoramente linda, impressiona à primeira vista, como aquele ácaro impressionou Paulus naquela longínqua feira de ciências na nossa juventude vencida pelo tempo.

O Johnny Depp esteve com a Angelina Jolie por lá pra rodarem um filme. A Luciana queria achar o local exato onde o bofe esteve. Disse que até mesmo havia uma chance de ele estar por ali, uma vez que o cara gostou tanto de InferNeza que, após terminar as filmagens, queria comprar uma casa na cidade. Mas as chances da minha namorada realizar o sonho de encontrá-lo eram mais que remotas. Antes de irmos pra Itália, eu liguei pro cineasta Costa-Gravas e o convenci a chamar o Johnny Depp pra ser o protagonista de um filme sobre as Farcs, a ser rodado na Colômbia e cujo elenco seria inteiramente composto por homens barbudos e sujos, o que tira o tesão de qualquer fã.

Neutralizada a ameaça da concorrência desleal com um lindo e rico ator de Hollywood, a mim restou aproveitar com a Luciana tudo que de melhor InferNeza nos tinha a oferecer.

Saturno, o ácaro de Paulus, InferNeza... Tantas dimensões, tantas epifanias... Todos eles existem...

**Dog.**

Veneza, 30 de julho de 2011.

O que dizer no último dia das férias? Estávamos em depressão profunda. Acordamos cedo, na esperança de que o dia rendesse mais. Nossos planos incluíam, basicamente, dois lugares que ainda não havíamos conseguido ver: a Basilica di San Marco e a Igreja de San Pantalon.

A primeira, não deu jeito, tivemos de ficar na enorme fila. Mas ainda bem que a enfrentamos. É tudo sensacional, desde a arquitetura até os mosaicos espalhados por toda parte, passando por um museu no andar superior, que abre para uma esplêndida vista da praça mais bonita da cidade... Para visitar a segunda igreja, tivemos de esperar, pois estava fechada para o almoço. Sem problemas, pois, como ainda não estávamos com fome, ficamos fazendo fotos dos arredores; seriam as últimas da viagem.

Quando, finalmente, conseguimos entrar, uau!, o interior era impressionante: uma imensa pintura tomando todo o teto da igreja, dava a impressão de estarmos flutuando enquanto observávamos; ou será que a pintura estava flutuando? Puts, e nem tínhamos bebido ainda! Reza a lenda que o artista morreu ao cair do andaime antes de terminar a obra. Não pudemos confirmar a história, porque o livrinho que era vendido ali estava em italiano e ficamos com medo de comprar e não conseguir ler, ou, então, de ficarmos com uma vontade incontrolável de estudar italiano para entender o livro! Como nenhuma das duas opções estava acessível no momento...

Bom, após gastarmos os últimos euros com lembrancinhas, rumamos para o hotel; já estava tudo mais ou menos encaminhado, então não foi muito difícil fechar as malas, dessa vez.

Difícil, sim, foi pensar em deixar tudo isso para trás e voltar à realidade... Mas já estávamos com saudades de casa. Por mais que seja bom viajar, nossa casa sempre é o melhor lugar do mundo! Muita gente pode não acreditar, ou não concordar, mas amamos São Paulo. E esse sentimento foi brilhantemente expresso por Calvino, que acompanhou nossa jornada com palavras tão inspiradoras...

"É tudo inútil, se o último porto só pode ser a cidade infernal, que está lá no fundo e que nos suga num vórtice cada vez mais estreito..."

porém...

"O inferno dos vivos não é algo que será; se existe, é aquele que já está aqui, o inferno no qual vivemos todos os dias, que formamos estando juntos. Existem duas maneiras de não sofrer. A primeira é fácil para a maioria das pessoas:

aceitar o inferno e tornar-se parte deste até o ponto de deixar de percebê-lo. A segunda é arriscada e exige atenção e aprendizagem contínuas: tentar saber reconhecer quem e o que, no meio do inferno, não é inferno, e preservá-lo, e abrir espaço."

A nossa querida cidade é muito parecida com uma das cidades narradas por Marco Polo; se Italo Calvino passasse por São Paulo, com certeza faria uma descrição muito próxima à que fez para Raíssa, a cidade triste. Peço licença ao grande autor para fazer uma pequena adaptação e deixar, assim, uma nota reflexiva para encerrar esta nossa narrativa que, mesmo não tendo nada a ver com São Paulo, tem tudo a ver com ela, bem como com o diálogo que tentamos manter com as cidades!

"Em São Paulo, cidade triste, também corre um fio invisível que,
    por um instante, liga um ser vivo ao outro e se desfaz,
    depois volta a se estender entre pontos em movimento
    desenhando rapidamente novas figuras
    de modo que, a cada segundo,
    a cidade infeliz contém uma cidade feliz
    que nem mesmo sabe que existe."

E é exatamente o preceito do sábio escritor italiano que tentamos seguir, especialmente por meio do "Diálogos com a Cidade". Muito fácil é, para quem vive em São Paulo, criticar a cidade, salientar sua feiura, seus problemas, trancar-se em casa pela falta de segurança, deixando, assim, de ver tanta coisa interessante e que vale muito a pena; enfim, aceitar o inferno é simples, fechando os olhos para tudo, tornando-se, dessa forma, o que – particularmente – considero pior, tornando-se indiferente.

É preciso saber apreciar, aproveitar e valorizar tantos aspectos positivos que a nossa cidade tem. Cobrando, evidentemente, das autoridades competentes tudo (e olha que ainda há muito!) o que é necessário mudar e melhorar, mas, ainda bem que vivemos em uma época em que temos voz e podemos lutar por (e acreditar em) um mundo melhor.

Luciana.

# Prólogo ao fim:
## misérias familiares

Eu acho que nunca é aconselhável, em lugar público, ouvir a conversa alheia. Igualmente recomendável é não falar coisas constrangedoras em meio a estranhos.

Certo amigo, uma vez, me contou que ele estava em uma festa de aniversário e, na mesa ao lado, havia umas personas que ele desconhecia. Eram diversas senhoras, alguns senhores também, outros mais jovens e tal. Dentre eles, havia uma mulher bem gorda acompanhada de sua filha pequena. A menina, com cara meio assustada, de acordo com o meu amigo, era o tempo todo assediada pelos adultos da turma. Meu camarada, mesmo não querendo, começou a ouvir o que o grupo falava.

"Oh, menininha linda, como é que você se chama?"; "Oi, docinho da titia, eu soube que você tá aprendendo ballet, que fofura!"; "Ah, amorzinho, tá gostando da festa?" - eram os tipos de abordagens ouvidas pelo meu amigo na mesa alheia àquela bajulação da infante. Ele até confirmou que a menininha, uns sete anos de idade mais ou menos, era mesmo bonita. Só que aquele falatório todo já a estava incomodando, meio que a sufocando e, por resultado, a deixando de saco cheio. A mãe da menina, só sorrisos sustentados pelo imenso corpo, nada fazia a não ser se orgulhar da paparicação.

Foi quando o clímax da conversa ocorreu. Uma das presentes disse: "Meu benzinho, você gosta da sua mamãe?". A menina, àquela altura da tagarelice a ela dirigida, expressou um ar de tédio seguido por um olhar arguto e sádico dirigido à sua sorridente e gorda mãe. Então, proferiu a mais contundente declaração de filha pra progenitora, dessas que decretam o fim de laços familiares: "Eu? Eu não gosto dela, não!".

Após segundos mudos e cruéis, quando risos se calam e o silêncio se amplifica, aquela senhora, a que fez a fatídica pergunta, ainda insistiu na conversa, como a tentar uma estratégia de diplomacia, justamente logo após a declaração de guerra ter sido anunciada: "Mas por que, amorzinho, você não gosta da mamãe?", no que a menina enterrou a adaga da mordacidade e partiu o coração que a gerara: "Eu não gosto dela. Não mesmo. Ela tem barba, olha lá". Enquanto dizia isso, apontava pro rosto ruborizado da desafortunada mulher. Imediatamente, todos olharam pra barba dela, inclusive meu amigo na mesa ao lado. A pobre senhora tentou cobrir os pelos faciais com as mãos. Inútil. Já haviam sido vistos. A garota prosseguiu: "Ela tem barba, é gorda, bebe, fuma, dorme com a tevê ligada, fica roncando e peidando a noite inteira".

Meu chapa confirma que um silêncio abissal veio espreitar aquela mesa de aniversário. Ele teve de sair dali e correr pra segurança do banheiro do salão de festas e por lá rir à vontade.

\*\*\*

### Epílogo: a volta a Sampa Gotham

Após alguns dias pelas vielas de InferNeza, visitando museus e igrejas no atacado, em meio a uma beleza urbana exuberante, terminaram as nossas férias. Ainda com as imagens daquela cidade incrível impregnadas nas nossas retinas, a deixamos e embarcamos num voo que nos levaria novamente à capital da Itália. De lá, uma conexão sem muito atraso nos poria no rumo de Sampa Gotham. Inspirado nas anteriores citações do Calvino, feitas pela Luciana, cidade triste a nossa, a City of Blues: Sampa Gotham City of Blues.

O avião de volta ao lar estava lotado e, claro, quase que totalmente composto por passageiros brazucas. Comum, portanto, constatar a nossa tradicional mania de carregar inúmeras sacolas pra dentro da aeronave, nossa predileção centenária por fazer filas pra tudo, inclusive pra entrar no avião — sendo a fila em questão formada bem antes da autorização de embarque —, nossa mania de conversar uns com os outros há pouco conhecidos, isso sem falar na nossa famigerada tradição de criticar o Brasil, mas logo em seguida perdoar tudo que de ruim acontece no País do Pelé. Esse era o nosso voo de volta. Falava-se de tudo ali — e ouvia-se também, infelizmente.

Como eu exemplifiquei no prólogo, falar em público e rodeado de estranhos é perigoso. Esse era o cenário da nossa volta ao lar. E olha que nem tínhamos decolado.

*\*\*\**

Nos bancos atrás dos nossos, havia umas moças brasileiras. Ambas conversavam bem alto. Eu me entretive com a leitura de um livro e não prestei atenção no que elas falavam. A Luciana, no entanto, ouviu tudo e me contou baixinho. Foi algo mais ou menos assim: as moças comentavam os lugares recém-visitados, comparando uns aos outros. "Nossa, Roma é linda!", celebrava uma, no que a outra complementava: "Sim, é mesmo. Veneza também é o máximo!". A tréplica, então: "Verdade, Veneza é show. Só não gostei de Florença. O lugar é até bonito, mas só tem museu e igreja. É tudo um entra-e-sai de museu e de igreja. Enche o saco. Não gosto de ficar vendo estátua e quadro. Florença não é glamourosa como Veneza. Esta, sim, é badalação, coisa chique, romântica...".

A Luciana não se conformava: "Dog, como alguém pode dizer isso de Florença?". Eu sorri e apenas comentei: "Réééé... Imagina se elas tivessem passado o que passamos no Inferno Mio, em InferNapoli?".

\*\*\*

O problema não é não gostar de arte. A questão é não gostar de arte e ir justamente a InferniFirenze e, por lá, desmerecer a melhor qualidade da cidade dizendo que ela é chata por dispor de muita arte. Ir lá sem gostar de arte é masoquismo ou desinformação geral. E aquela conversa me chamou à memória algo que nos inquieta sempre que viajamos: o que, de fato, esperamos dos lugares que visitamos?

Temos uma regra principal antes de embarcarmos em viagens: entramos em comum acordo a respeito dos lugares a ir. Essa etapa tendo sido superada, estudamos um pouco as cidades a visitar. Isso ajuda, no entanto, não elimina sobressaltos como os que passamos em InferNapoli, por exemplo. As cidades trazem sempre surpresas e não há como prevenir tudo. Talvez essa seja a graça do negócio.

Felizmente, a fotografia e a literatura têm nos possibilitado compreender um pouco melhor as cidades, a nos fazer cada vez mais "visitantes" do que "turistas", menos "excursionistas" e mais "exploradores". Enfim, temos tentado cada vez mais "sentir" do que tão somente "estar".

Outra coisa que empreendemos é nos esforçar pra perceber as coisas mais singelas dos lugares. Aquela moça reclamou que InferniFirenze só tem museus e igrejas exuberantes. Disse que gostou mais de InferNeza porque esta tem muito glamour e badalação de gente chique. Pena ela ter se contentado com dois únicos aspectos pra ambas as cidades. Nem InferniFirenze é apenas arte nem InferNeza é apenas glamour. Todas as cidades têm vários predicados. Basta procurar.

\*\*\*

Gosto de viajar, mas acredito que não seja preciso cruzar oceanos pra ver coisas legais. Não é preciso ir muito longe pra se divertir, ver coisas boas. Inúmeras foram as vezes que nos divertimos aos montes em cidades brazucas, municípios do interior de Sampa Gotham City of Blues ou mesmo na própria capital cinzenta que é a nossa. Lembro-me, por exemplo, de uma vez que tirei apenas dez dias de férias, enquanto a Luciana trabalhava. Decidi não viajar sozinho e empreendi uma jornada diária pelo bairro onde morava na época. A cada manhã, após o café, eu corria na pracinha perto de casa. Depois, voltava, tomava um banho, pegava a máquina fotográfica e partia sem horários a cumprir, sem direção certa dentro do bairro, apenas fotografando e observando tudo ao meu redor.

Glamour? Claro que não. Arte? Só a dos grafites nos muros. O que obtive daqueles poucos dez dias foi de muito mais valor do que coisas chiques e sofisticadas.

As personas usando a praça. Os moleques jogando bola em pleno centro da cidade. Os pequenos comércios dos arredores. Os restaurantes simples onde eu almoçava. Os botecos onde ia beber cerveja e papear com desconhecidos. O andar trôpego do mendigo. Os desocupados. Os à procura de ocupação pro vazio dos dias. Os que não veem mais sentido pros dias. O louco do bairro gesticulando pros carros que passavam. Todos eles de alguma forma eram, dali em diante, parte de mim. As fotos que tirei me revelaram um bairro diferente daquele que eu estava acostumado a ver. Esse tipo de coisa só é possível quando se há tempo pra observar o que está ao redor e não se tem uma imagem prévia e formada dos lugares. Esse é o desafio que as cidades nos trazem.

***

Era madrugada. O nosso avião, imerso na escuridão, e os nossos parceiros de viagem, todos silenciosos em seus sonos. Nos aproximávamos de Sampa Gotham City of Blues. Prontos pra matar a saudade da cidade onde vivemos, a Luciana e eu víamos as luzes do lar se multiplicando à medida que a nave perdia altitude.

Glamour? Não nos importamos com ele. Nos interessa, sim, voltar pra casa que amamos mesmo que sejamos severos com seus defeitos. Esse é o nosso diálogo com a cidade. Trazíamos na lembrança pedaços de histórias de terras distantes, as colocamos, agora, pra vocês, nossos queridos leitores, no nosso diário que aqui se finda. Balanço final? Não conseguimos concluir ainda. Afinal, parafraseando o escritor uruguaio Juan José Morosoli:

"As viagens começam depois que se chega...".

Dog.

# Álbum de recordações

Fim